JN203344

Dai Takeno

竹乃大

裏と裏

秘密会議
秘話

発売元 静岡新聞社

裏と裏
秘密会議秘話

はじめに

この話の主人公は、皐月　誠という男です。

戦前からの老舗で、市内上位、県下でも上位に位置する、電気工事業Aランク業者、皐月電業（株）の社員です。

昭和46年に入社して、現場作業の実習後に設計監督になっている時に、にわかに営業を兼ねさせられて、そして営業専門となり、やがては専務取締役となりましたが、昭和63年には退職となりました。

業界には17年間在籍していました。

その内の、昭和52年からの約10年間が『談合』担当でありました。

約800回以上の入札に参加し、同時にその数だけ『談合』（話し合い）をしてきた男の話です。

ひとつひとつの『談合』にエピソードがあります。

それは、電気業界の専門知識以外の、人間工学・心理学・言語学等も応用した、口頭による格闘術の世界であったように思います。

今回は、それだけではなかった秘話の内容です。

最初は全くそのものを知らなかった誠が、分かったような顔で登場して、瞬時の判断で処理していきます。

ただひたすら受注だけを目標として、脇目も振らずの我田引水だけを考えて突き進んでいったのです。

幸い他社よりも多い指名回数があって、回を重ねるたびにその中身を学習していき、いち早く頭角を現していきました。

しかし、その前には個人的ライバル・集団的ライバル・巨大な組織等々が立ちふさがっていました。

一心不乱・無我夢中で独断的・独創的・破壊的・粗暴な行動でありましたが、そういう中にも仲間も出来たり、理解者もいました。

　途中からは談合組織の地区代表となって、他地区業者の防衛、仲間内の調整、独断行動の防止等々を行い、地元のまとめ役としての役割は果たしていましたが、昭和63年に退職となって業界より離れました。

＊

　企業規模を分かり易くするために、大手支店業者を○○電工（株）とし、地元企業を○○電業（株）・○○電気（株）としています。

　公共事業においては、経営規模に応じて、会社を等級別に区分しております。

　AランクからDランクまであります。

　この名称を使いますと、談合のルールにある金額の『Aランク』『Bランク』等と混同してしまいますので、会社の規模を表すときは「Aクラス」というように、「クラス」という名称に変えてあります。

　文中各社の株式会社・有限会社・合資会社は全て省略致しました。

　登場人物が多いので、分かり易くするために、各社の社長の名前は、会社名と同じ名前に設定してあります。

　あくまでも、話の中に出てくる人名、企業名、団体名等は架空の名前です。

　私の『談合』シリーズは、

　第1作　秘密会議・談合入門（2015 文芸社）

　第2作　秘密会役員・基本と応用（2016 静岡新聞社）

　第3作　他言無用・秘密会議秘話（2016 静岡新聞社）

　とあります。

　以上は、主人公の皐月電業の誠側からみた内容です。

　第1作と第2作は、実録内容です。

　第3作は、武闘編です。

　そして、本書は第4作となります。皐月電業の誠側ばかりでなく、他

業者側からの内容が入って、その攻防戦の物語です。

　『ルール』を決めても、それを何とかしようとする。

　今回の話は、そのなかの秘話です。

　秘密の世界を全て開きます。

用語解説

　本書に出てくる言葉のなかに、隠語ではありませんが、業界専門用語とも言える言葉があります。まずこれをご説明します。

＊

【話し合い、お話し合い、研究会、仲良し会】 談合のこと。

　　　（※本編においては、全てを『談合』という言葉に統一しました。ただし、実際の日常的な会話においては、「話し合い」を使用します。そして、会議を行うときは「研究会」と言います）

【○ランク】 受注予想金額を体重別のように分けてあります。

【現説】 発注者側が行う現場説明会のこと。

【件名】 発注者が付けた建設工事名のこと。

　　　（※本編においては、全てを「件名」という言葉にしました。通常は「物件」と言っていることが多いのです）

【入札番号】 発注者が付けたその件名の発注番号のこと。

【入札日】 発注者が行う入札の日のこと。

【メンバー】 発注者より指名された施工業者のこと。

　　　同時に指名された相指名（あいしめい）業者のこと。

【ルール】 その談合組織で決められたこと。

【ルールブック】 談合の運営指針となっている秘密協定書

【窓口】 ルールのなかで、発注団体毎に区分されたもの。

【議長、進行役】 その件名の談合会にての議事進行の責任者。

【経費】 その談合会にての会場使用料・飲食代のこと。

【お任せ】 出席できないときに全ての決定事項を委任すること。

【申告制】 進行役の発言よりも、進行役の許可を得て、自ら願い事を発言するもの。

【特殊事情】 その指名された件名において、ルールよりも優先される決

議事項。

【先行工事】特殊事情の条件で、既にその件名の一部分を施工している事実があるとき。

【関連工事】特殊事情の条件で、工事内容や発注者との関係すること。

【設計協力】特殊事情の条件で、発注者からその件名の設計を頼まれたこと。

【審議】特殊事情などが出たときに、その発言者を除いてその事項を検討すること。

【却下】審議したものが、採用や承諾されなかったときの言葉。

【貸借（たいしゃく）、貸借制、貸借ルール】各会社間での件名毎の貸し借りのこと。

【点数、点数制、点数ルール】各社の受注金額毎に点数を付けて、そのポイント数にて勝敗を決める方法。

【回数、回数制、回数ルール】各社の指名を受けた回数のみをカウントして、その数で勝敗を決める方法。

【点数、回数制】【点数、回数ルール】点数のみでなく、指名された回数も加味して勝敗を決める方法。

【待ち回数】指名を受けた回数のこと。

【防衛回数】新規参入者が、決められた指名回数を過ぎるまで、受注活動ができないようにしている回数のこと。

【優先回数】そのメンバー数より、決められた一定数を過ぎた待ち回数があれば、優先的に受注できる権利のこと。

【優先順位】上記のときに、同じ回数の会社間に於いても、決められた順位が定められている。

【零点（ぜろてん）】点数が全くないときの点数のこと。

【零回（ぜろかい）】回数が全くないときの回数のこと。また一度落札すると、次回の発表は零回となる。

【零点、零回】初めて指名を受けたときのカウントである。

【実績】 過去に指名を受けた、工事を受注施工した事実のこと。

【消化】 持っていた点数・回数などを使ったとき。

【立候補、立候補者】 受注を希望する会社のこと。

【希望します、お願いします】 立候補をするときに、議長・進行役に伝える言葉。

【遠慮、協力、結構、お任せ、降りる、降りた】 受注の意思がないときの言葉。

【チャンピオン】 談合のなかで、認められた受注予定者のこと。

【トーナメント】 立候補者が複数あるときには、トーナメント形式で、順次勝ち残っていって、頂点に達する方式のこと。

【不戦勝】 トーナメントで立候補者が奇数のときに生じる。

【平行線】 二者間で話し合って、話がつかない状態のこと。

【決着】 二者間で話し合って、どちらかが勝敗すること。

【仲裁】 二者間で話し合って、どうしても無理だと判断されたときに、役員に頼んで、その仲裁をしてもらうこと。

【決勝戦】 トーナメントの最終戦のこと。

【頂きました】 話をして、相手方が譲ってくれたときの発言。

【取った、取られた】 チャンピオンになったり、落札したり、あるいはその逆だったりしたときの言葉。

【スポンサー、S（エス）】 企業体を組んだときのスポンサー側のこと。

【パートナー、P（ピイ）】 企業体を組んだときのパートナー側のこと。

【出資比率、工事比率】 共同企業体の『S』と『P』との工事施工比率のこと。

【スポンサー料】 『S』が『P』からもらう経費手数料のこと。

【短冊、札】 入札書への記入金額を各社毎に配るメモのこと。

【札順】 チャンピオン以外の参加するメンバーの入札書の金額の安いものから、高いものまでの順番のこと。

【二番札、○番札】 チャンピオンより二番目に安い金額札、あるいは何

番目かの札のこと。

【落とす、落ちない】 入札書を提出して、その落札結果のこと。

【誤入札】 与えられた短冊に書かれた金額以外を書いたりして、チャンピオンでない者が落札してしまったとき。

【同札】 入札会場で、チャンピオンと同じ金額の入札書を提出したとき。

【抽選】 上記の場合に、入札執行側が何らかの方法で、その二者に抽選させて、落札者を決定するときのこと。

【あみだ、あみだくじ】 受注落札予定者以外の入札書の金額順をランダムにするためにつくるもの。

【落札】 入札書を提出して最低価格などで受注決定したとき。

【不調】 入札金額の最低値が、発注先の予定価格に達しなくて、落札できないこと。

【随意契約、随契】 最低価格者が予定価格に達していなかった場合でも一定の範囲内の入札価格の場合に、見積書の提出により契約するもの。

【ペナルティー】 ルール規定以外の事項をした者に対しての罰則のこと。

【下を潜る】 約束したチャンピオンの入札金額より安い入札金額を出して、裏切り行為で落札すること。

【工事保証人】 落札業者が契約書を発注者に提出するときの工事完成保証人のこと。

【使用材料表、メーカーリスト】 契約書の一部で、受注物件において、使用する材料の製造会社名を記載した書類のこと。

【江京、縦浜、居至】 本書に登場する他県・他都市の架空の名称。

【居至ルール】 居至で使われているルール

【AC会】 海山県電技研協会の談合のための秘密裏組織名である。

【入札結果報告書】 入札して落札した結果を『AC会』へ報告する書式である。（見本を添付）

【入札書】 発注者により決められた書式があり、それに金額を記入して、

　　封筒に入れて提出するもの（見本を添付）。略して『札』という
　　ときがある。

【委任状】 会社代表者以外が入札に参加するときは、会社代表者からの
　　委任状を入札書と同時に提出する。（見本を添付）

　同じ意味でも、【遠慮、協力、結構、お任せ、降りる、降りた】のよ
うに個人ごとにその性格に合った言葉を用いている。

様式第1号（用紙日本工業規格B5縦型）（第8条関係）

入　札　書

1. 入 札 番 号　　　（　　　）　第　　　　　　号

2. 工　　事　　名
　（工事材料名）

3. 工 事 箇 所　　　　　市　　　　町
　（引渡し場所）　　　　郡　　　　村

　上記の工事を建設工事競争契約入札心得承諾の上、下記の金額で請け
負いたく申し込みます。

	拾	億	千	百	拾	万	千	百	拾	円
入札金額										

　　　　　　　　　　昭和　　　年　　　月　　　日

発注者　職指名　　　　　　　　　　　様

　　　　　　住　　　　所

　入札者　商号又は名称

　　　　　　氏　　　　名　　　　　　　　　　　　㊞

10

入 札 書

1. 入 札 番 号　　第　　　　　号

2. 工　　事　　名

3. 工 事 箇 所

　　上記の工事を下記の金額で請負いたく申し込みます。

	拾	億	千	百	拾	万	千	百	拾	円
入札金額										

　　　　　昭和　　　年　　　月　　　日

　　　　市　　長

　　　　　　　　　　　　　　様

　　　　　住　　　　所

入札者　商号又は名称

　　　　　氏　　　名　　　　　　　　　　　　　　㊞

委　任　状

収　入
印　紙

下記工事につき　　　　　　　　　　　　　　を代理人と定め入札及び見積に
関する一切の権限を委任いたします。

1. 入　札　番　号　　　第　　　　　　　号

2. 工　　事　　名

3. 工　事　箇　所

　　昭和　　　年　　　月　　　日

　　　　　　　　　　　　　　　　　　　　　　　　　　様

　　　住　　　所

　　　商号又は名称

　　　氏　　　名　　　　　　　　　　　　　　　㊞

入札結果報告書

年　　　月　　　日

報告者名＿＿＿＿＿＿＿＿＿＿＿＿＿

発 注 者	
工 事 名	
入 札 番 号	
入 札 日	年　　　月　　　日
落 札 会 社	住　所 ＿＿＿＿＿＿＿＿＿＿＿ 会社名
落 札 金 額	￥

	入 札 参 加 者 名		入 札 参 加 者 名
1		11	
2		12	
3		13	
4		14	
5		15	
6		16	
7		17	
8		18	
9		19	
10		20	
備 考			

目　次

1. 誠の噂

　静岡新聞社が平成 15 年 2 月から平成 27 年 12 月までに『談合』関係を新聞記事としたのは 770 回である。

　その"見出し"を見れば、談合・カルテル・発覚・捜索・捜査・摘発・調査・事情聴取・参考人・賄賂・収賄・贈収賄・余罪・逮捕・再逮捕・裁判所・地検・地裁・判決・公判・公取委・県警・辞職……

　何回も何回も、これらの言葉が載っているのである。

　発覚して処罰を受け、世間に謝罪した会社が、口先ばかりで続けて談合を行っているのが現実である。

　そして、平成 28 年の正月早々から、またも……

　いつまでたっても続けているものなのである。

　来年も再来年も続けて行っていることであろう。

　その『談合』の部屋に侵入してみよう——

　今日は、花木市の発注で、市の電気工事業の B クラスの業者が指名された。

　花木市の『談合』といえば、ほとんどが花木電設会館で行われる。

　大きな和室に上がり込んで、全員がそろうのを待つ。

　その間に、世間話などの雑談がある。

春風電気・春風「おい聞いたか？　青梅電業で聞いたんだけど、最近皐月電業の弟っていうのが出てきて、ずいぶん暴れているらしいってこと」

夏木電気・夏木「聞いた、聞いたよ。俺は章桂電業から聞いた」

春風電気・春風「皐月電業に入る前に、他の会社で同僚を殴って、それ

で首になったんだってな。初めは現場へ出ていて、それから設計をやっていて、最近になって営業をやりだしたとか。兄さんは温厚だけど、全然違うんだってさ」

夏木電気・夏木「工業大学を出てきて、電気主任技術者の3種をもっているっていうから、馬鹿じゃーないよな」

春風電気・春風「その電気主任技術者の3種っていうのは、難しくて、電気屋が持っている電気工事士免状を取得しているなかで2～300人に一人くらいしか持っていないやつだから、ガリ勉タイプなのか」

　この時代の花木市の人口は24万人である。

　花木電気工事組合には約100社が加盟していた。

　その中で、その資格を所有していたのは、柿川電工の花木営業所長真坂と皐月電業の誠の2人だけであった。

　青梅電業の下請けの春風電気と、章桂電業の下請けの夏木電気が、皐月電業の誠の話をしている。

秋月電気・秋月「そりゃー若造だろう。一発コツンとやってやれば、おとなしくなるさ」

春風電気・春風「それが、兄さんと同じで空手をやっているんだってさ。他の武道もいろいろやっていて、簡単にはいかないみたいだよ」

秋月電気・秋月「だけど、青梅電業の摩崎さんだって剣道やっていたんだから、木刀一本あれば、それで勝負あった！じゃないのか」

春風電気・春風「俺が、西の方の業者の下請けで行ったときに聞いたんだが、なんでも"公園で剣道4段の男とやって4段の方が動けなくなって黙ってしまった"って聞いたよ。そういうことだから、摩崎さんでもどうかな？」

　※前作『他言無用・秘密会議秘話』（2016 静岡新聞社）第2話参照

秋月電気・秋月「そういうことがあったので、摩崎さんも手がつけられないってことかもしれないな」

夏木電気・夏木「俺たちは、Ａクラスのどこかの下請けをしたりするけれど、Ａクラスの人たちは、『談合』の数が多いから、横の連絡がとれていて、情報がいっぱいあるからわかるんだろうな」

春風電気・春風「まー、俺たちとは同じ指名は受けないだろうから、会うことはないと思うけれど」

夏木電気・夏木「そうはいかないよ。花木市の件名はいいけれど、県の出先機関では会う可能性があるから、用心した方がいいぜ」

秋月電気・秋月「用心するって、どういうふうに用心したらいいのさ、まさか、運動不足の犬みたいに、やたら噛みつくわけではないだろうに、いちおう『話し合い』だからさ、殴り合いじゃーないんだからさ、話をすればわかるんじゃないの」

春風電気・春風「それはそうなんだけどな、ベテランの摩崎さんや、田沼さんがいるんだから、大丈夫だと思いたいのだけれど、その人たちが"困った"って言っているんだから、それで心配するわけさ」

冬霜電気・冬霜「今の話は、皐月の誠君のことだろうー。彼がそうなったのか。俺がいたころはまだ中学生だったと思ったが、月日がたてば何でも変わるなー」

春風電気・春風「そういえば、冬霜さんは、皐月電業さんにいたんだっけね。悪いこと言ってしまったかな」

冬霜電気・冬霜「いや、俺に気をつかうことはないけれど、俺がいた当時の社員は50人近くいて、おやじ（先代社長）さんが亡くなってからは、社員も減ってきたようだが、花木市内の電気工事店の多くが、皐月電業の退職者だから、あまり言わない

　　　　　　方がいいとは思うよ」

夏木電気・夏木「そうだったな。今は、あちこちに営業所をつくった青
　　　　　　梅電業が大きくなったが、元は皐月電業さんは花木市では一
　　　　　　番の会社だったもんな。警察関係の役所仕事から、民間の仕
　　　　　　事まで幅広いし、市内の大型店舗は、ほとんどが皐月電業さ
　　　　　　んが請け負ったんだってな」

冬霜電気・冬霜「警察とは逆の方向のお客さんもいたし、みんなも知っ
　　　　　　ている早雲グループの関係は全てやっていたし、現場へ入る
　　　　　　と怖いというところもあったよ」

秋月電気・秋月「おやじさんの度胸もよくて、社員がその筋の者に脅か
　　　　　　されたりしたことがあったけれど、みんな解決してくれたっ
　　　　　　ていうのも聞いたことあるよ」

夏木電気・夏木「今思い出したけれど、組合で祭りをするときにやぐら
　　　　　　を組んでいて、若い衆が8番鉄線で丸太を縛るのにモタモタ
　　　　　　していたら、"俺に貸してみろ"っていって、ペンチ一丁で
　　　　　　8番鉄線をひねり回したんだよ、その後で、"こんなことで
　　　　　　きるか"っていって、まるで飴細工でもするかのように8番
　　　　　　鉄線をひねって、人形を作ったんだよ。見ているみんなが
　　　　　　ビックリした。すごい力だった」

冬霜電気・冬霜「おやじさんは、青年相撲で優勝して、その弟はその翌
　　　　　　年に2年連続優勝をしたっていうし、その弟は元予科練の教
　　　　　　官で、警察官を背負い投げで投げ飛ばしたことがあるってい
　　　　　　うし、息子の拓さん（現社長）は重量挙げで国体へ行った
　　　　　　し、それが今は空手の師範になったし、その弟が今話題の誠
　　　　　　君かね。その従兄弟にはK大の空手部OBがいるし、そう
　　　　　　いう家系なんだろうね。だけど、誰も威張ったようなところ
　　　　　　は見たことないぜ」

春風電気・春風「いや、威張ったなんて言っていないよ。ただ、暴れる

とヤバイかなって思ったんだよ。だけど、冬霜さんがいるから大丈夫だよな」

冬霜電気・冬霜「今の俺が、誠君になにか言っても、どうなるかわからないけれど、何かあるなら俺が話してみるから。だけど俺は皐月電業さんの味方になる可能性の方が大きいぜ。あのなー、ここだけの話にしてもらいたいのだが、俺は身体が頑固じゃないので、おやじさんが事務所勤務で設計兼監督にまわしてくれたんだよ、だから顧客の様子がよくわかったんだけど。早雲グループの現場に行ったときに、そこの会長にあの世界では誰でも知っている組長が来て、なんと頭を下げていたのを見たんだよ、それを見たから、"このお客さんはすごい"と思った。ところが、その早雲グループの会長さんが、皐月電業に来て、皐月のおやじさんに最敬礼をしたのを見たんだよ。俺はそれを見て、もう腰が抜けて怖くなったよ。その会長さんは全くの素人であの世界の人じゃないよ。いつも外車に乗ってカッコよかったよ。それで皐月電業のおやじさんも素人で変なひとじゃーないよ。正直言って、俺は皐月電業さんのこと、あまりああだこうだ言いたくないのさ」

夏木電気・夏木「警察の仕事をしているのだから、そういう関係ではないとわかるよ」

春風電気・春風「今もその早雲グループの仕事は続いているのかい？」

夏木電気・夏木「そういわれてみれば、よく皐月電業の作業車が早雲グループのところに駐車しているの見ているよ。あそこは会社や店舗をたくさん持っているからねー」

春風電気・春風「冬霜さん、それじゃーあんた、退社した身だから、会ったりすると、まずかったりするのかい？」

冬霜電気・冬霜「いや、俺はけんかとかトラブルとかで辞めたんじゃーないんだよ。社員が大勢いるんだけれど、俺の班の者とどう

しても気が合わなくて、人間関係で辞めたのさ。おやじさん
にはお世話になりっぱなしだから、何かあれば恩返しとは
思っていたんだが、なかなかそういう機会がなくてなー」

秋月電気・秋月「じゃー、下請けをさせてもらうとか、でもいいんじゃ
　　　　　　ないか」

冬霜電気・冬霜「あそこは、なるべく下請けを使わないで、自社で責任
　　　　　　施工っていう方針だから、それは難しい。それにしても、あ
　　　　　　の誠君が、そんなに変わったのかね？」

　元請け会社から聞いた情報を元にして、ああだこうだと言っている。
　誠に会ったことがないから、勝手に想像して騒いでいる。
　誠を知っている者は、信じられない話だと思った。
　会話の最中に全員がそろった。
　後から来た者たちも、その話を黙って聞いていた。
　他人事ではないような、不安が出てきた者もいた。

椎名電業・椎名「大丈夫だよ。俺は親しいから大丈夫だよ。それにそん
　　　　　　なひどい人じゃーないよ。会えばわかるよ」

竹中電業・竹中「そうだな。俺も親しいからよくわかるけれど、話のわ
　　　　　　かるいい男だよ。気にすることはないぜ」

樫山電業・樫山「俺も知っているよ。やたら噛みつくような人ではない
　　　　　　よ」

　Ｂクラスでも Ａ クラスに近くて、誠と『合指名メンバー』となるこ
の３人だけが、誠を悪くは言わなかった。

椎名電業・椎名「それでさー、俺はまだ見てないんだけど、すごい技を
　　　　　　使うんだってさ。あの岩蔵さんが簡単に負けたんだってさ」

　※前作『他言無用・秘密会議秘話』第１話参照

春風電気・春風「そこを俺は詳しく知りたいのだけれど」

椎名電業・椎名「この竹中さんと樫山さんは、それを見ているんだよ」

春風電気・春風「竹中さん、聞かしてくれないかなー」

竹中電業・竹中「いやー、あのな、聞かない方がいいよ。別に問題ない
　　　　　　　　よ」

春風電気・春風「じゃー、樫山さん、話してくれよー」

樫山電業・樫山「それは、竹中さんのいうとおり、聞かない方がいいと
　　　　　　　　思うよ」

竹中電業・竹中「それじゃーさー、あんまり椎名がうるさいから、ひと
　　　　　　　　つ話をしてやるよ。支店業者に岩池電工っていうのがあっ
　　　　　　　　て、そこの社員に岩壁っていう若いのがいて『研究会』で誠
　　　　　　　　君とトラブルになってもめたのだそうだよ。そのときに岩壁
　　　　　　　　がみんなの前ですごい恥をかいたそうだよ。その後に俺が指
　　　　　　　　名された他の『話し合い』のときに誠君にけんかを売ったん
　　　　　　　　だよ。それを見た話だがね」

　　※前作『他言無用・秘密会議秘話』第5話参照

椎名電業・椎名「それを竹中さんは見たんだね。それで」

竹中電業・竹中「その岩壁っていうのは空手をやっていて、背が高いの
　　　　　　　　だけれど、また負けたんだよ」

椎名電業・椎名「どういう技を使ったんだね？」

竹中電業・竹中「じゃー、丁寧に説明してやるから、聞いて想像しろ」

椎名電業・椎名「わかった。丁寧に頼むよ」

竹中電業・竹中「岩壁が誠君の正面に立って、誠君を見下ろして、文句
　　　　　　　　を言ったときに、誠君は少し膝を曲げたよ。顔と顔が近づい
　　　　　　　　てくるなら気になるけれど、少し離れたくらいでは気が付か
　　　　　　　　ない。岩壁が膝蹴りをしたので、誠君は後ろに少し下がった
　　　　　　　　のだが、すぐさまジャンプして顔を突いたんだよ。そうした
　　　　　　　　ら、岩壁が後ろに倒れたよ。あわててみんなが止めて、それ

で終わったけれど、あっという間だったよ」

椎名電業・椎名「じゃー、その岩壁っていうのが文句を言ってきたときから、そのジャンプする準備をしていたってことだよな」

竹中電業・竹中「相手が何をするのか、そのときにどうするのか、というのが頭に入っているのだと思う」

樫山電業・樫山「空手って飛ぶのかね？」

竹中電業・竹中「聞いたら、"飛び突き"っていうのだそうだよ。俺はスケートをやっているから見ていてわかったんだけど、スケートと同じ技だよ。というのは、スケートで飛び上がったときに、腕を広げたり、胸前で腕を組んだりするけれど、それは空中にいる時間を少しでも長くしようとして、空気抵抗を利用するためなんだよ。誠君もただ飛び上がるのじゃなくて、正座するかのように、膝を曲げて飛び上がっていた。あれは同じ理屈だよ」

椎名電業・椎名「目の前で、まさかのジャンプかね。見たかったなー」

竹中電業・竹中「今まで、いくつか見たけれど、さすがに工業大学を出ているだけあって、運動力学・人間工学・心理学とかを取り入れた術を使っている。ただ暴れているんじゃないんだよ。それから見るのは簡単だぜ。誠君にけんかを売ればいいんだよ。そうすれば、その場で体験できるぜ」

椎名電業・椎名「冗談じゃないよ。見るだけでいいんだよ」

竹中電業・竹中「それじゃー、金払えよ」

　怖い話なのに、爆笑である。

　誠の話は、この辺で幕切れにしたかったのだが、まだまだ続いた。

春風電気・春風「もっといろいろなことを、また青梅電業で聞いてくるよ。だけど、次から次に皐月の弟さんの話が出てきそうで、ますます不安になるなー、みんなもそうだろう」

夏木電気・夏木「俺も章桂電業から聞いてくるわ。気になるもの」

秋月電気・秋月「俺も気になってきた。なるべく早く聞いてきてくれ」

冬霜電気・冬霜「俺も、聞けるところがあるから、聞いてくる」

　椎名・竹中・樫山の話が秘密めいた話に聞こえたのか、

　春風・夏木・秋月・冬霜たちは、ますます不安になっていた。

　このBクラスの『談合』は、『点数』と『回数』を発表すれば、『最高点数』の者がすぐに『チャンピオン』が決まるという、穏やかなものであった。

2. 事前作戦会議

蘭水電工の海山営業所の会議室に6人がそろった。
蘭水電工の馬場営業部長・木村営業副長・北田営業係員、
章桂電業の田沼営業部長、桔梗電業の南武常務、
日鉄電工海山営業所の又木主任、
全員が『談合』の出席者である。

馬場と田沼と南武は歳が近い。50歳ほどである。
木村と又木は歳が近い。40歳ほどである。
北田は30歳ほどである。誠に近い。

蘭水電工・北田「みなさんご苦労さまです。わざわざ花木市から来てもらってすいません。今回の件名の事前打ち合わせを始めたいと思います」

蘭水電工・木村「この件名に章桂電業さんと桔梗電業さんが指名されていることはわかりましたが、後の『メンバー』はその後わかったでしょうか?」

章桂電業・田沼「今、われわれがこうして打ち合わせをしているのですが、こういうことがあるために、それがバレたら困るという心理が働いて、各社に問い合わせしにくいので、全てに確認はしてないのですが、皐月電業は間違いないと思います」

桔梗電業・南武「どうも、あの誠が出てきてからは、あの会社に電話しにくくなった。前の拓さんならいいんだがね。だけど、今回の現場から考えても、あそこは間違いなく指名されていると思う」

26

蘭水電工・馬場「そうかー。やっぱりな」

　蘭水電工の馬場と章桂電業の田沼と桔梗電業の南武の３人は、歳が近いので話が合うのか、いつも飲み会をやっている仲間である。

蘭水電工・木村「われわれの方も、各支店業者に問い合わせをしたところ、数社わかりました、１社だけ答えないところがあって、それははっきりしていません」

章桂電業・田沼「例の善統電工ですか？　どうもおたくとはうまくないですねー」

蘭水電工・馬場「なんたって、日本一っていう思いが強いから、うちの話には乗ってこないんだよ」

蘭水電工・木村「『現説』に行けば、『メンバー』はわかるわけですが、いずれにせよ、この『窓口』は設定がない『窓口』だから、全員が『零回』『零点』でスタートということになります」

桔梗電業・南武「どれかに当てはまる『窓口』はないのですか。ないとなると、これ１回限りということで、話はうまくいかないかもしれないですね」

蘭水電工・馬場「そうなんだよ。そこで善統電工が、"これは自由競争でやりましょう"って言ってくる可能性がある。だから、指名をもらったかどうかに回答しないのだと思う」

日鉄電工・又木「その場合に、『ペナルティー』とかはつけられないですか？」

　蘭水電工が電力系の企業であり、日鉄電工は国鉄系（JR系）の企業である。

　この又木は、馬場の腰巾着ともあだなされている者である。

　子分のようなものであるから、馬場の前ではおとなしい。

　※前作『秘密会議・談合入門』（2015 文芸社）第 48 話参照

蘭水電工・木村「発注先は諸官庁に関係はしていますが、民間の発注件

名といわれれば、それまでですね。民間となれば、自由競争は当たり前のことなんですから」

章桂電業・田沼「観察していると、普段はしゃべるのに『話し合い』の会場に来ると、寡黙になっているのが誠なんだけど、それが善統電工の宮野営業課長が声をかけると、和やかに話し込んでいるから、この二人が組むと厄介なことになるでしょうね」

蘭水電工・木村「なんで、その皐月が寡黙になるのですか?」

章桂電業・田沼「それがですねー、実は『話し合い』の最中に、彼に対して"黙っていろ"って言っちゃったんですよ。それから変わったかと思うのですよ」

蘭水電工・木村「それなら、また一喝してやれば、おとなしくなるでしょう」

章桂電業・田沼「とんでもない、そんなことを今度したら、私は病院行きですよ」

　田沼が、そのときのことを詳しく説明した。

　誠が章桂電業に乗り込んできて、大騒ぎになった事件である。

　※前作『秘密会議・談合入門』第22話参照

蘭水電工・馬場「だいたい人は、歳の近い者同士が話が合うというか、慣れ親しくなるものだが、北田お前は、あいつと話はしないのか?」

章桂電業・田沼「それですがねー、うちの尾藤というのが誠と同じ歳のはずなんですよ。それも話をしたところを見たことがありませんね。北田さんと話をしたのも見たことがありません。同年配を子供と思っているのか、年上とは話をするんですよね」

蘭水電工・馬場「歳の近い者が幼稚に見えて、話をしても面白くないの

　　　　　かもしれないな」

蘭水電工・北田「あんな小さな会社になめられるだなんて、うちとは規
　　　　　模が格段に違うのですから」

蘭水電工・馬場「お前は知らないから、そう簡単に言うけれど、あの会
　　　　　社の戦前は、うちよりも、善統電工よりも大きな会社だった
　　　　　んだ。俺は、大陸にいて、"同じ海山県の者です"って言っ
　　　　　て、飯をもらったり、小遣いをもらったりしていた。その時
　　　　　に青梅電業の社長もいた。実はたいへんお世話になっている
　　　　　んだよ」

　　※前作『秘密会議・談合入門』第24話参照

　　皐月電業の先代社長延太郎は、昭和14年7月に中支派遣軍の招きに
より、8月より旧中華民国湖北省漢口市にて（株）大東商会漢口支店を
開設して支店長に就任した。

　　昭和17年4月に当時の電気・水道供給会社である華中水電工業（株）
の工事委託店として武漢水電工業（株）を創立して社長に就任した。

　　湖北省漢口市に本社を設け、漢口・武昌・武揚（武漢三鎮）を中心に
電気内外線工事・水道衛生工事・暖房工事の営業を開始して、日本軍に
協力して占領地域の復興にあたったのである。

　　昭和18年に内地の企業整備令の趣旨にのっとり、電気企業者の企業
合併が、出先の軍司令部から発せられて、今まで各自電気企業者によっ
て電気工事を請け負っていた人々は、武漢地区を一帯として武漢水電工
業（株）に吸収合併させられたのである。

　　同年4月に中支派遣呂集団司令部嘱託となり、参謀本部付けを拝命し
て、特殊工作部隊に配属されさらに最前線に出たのである。

　　昭和19年6月に中支海軍武漢府を通じて飛行機（報国隼号）を1機
献納し、さらに20年5月に中支派遣軍呂集団（日本陸軍第11軍）司令
部を通じて飛行機（愛国隼号）を1機献納したのである。

昭和 20 年 8 月に武漢水電工業（株）の事業拡大発展に伴い、華中水電工業（株）の全工事を担当する工事部門として華中水電工業（株）と合併することになり、同時に 3 機目の飛行機を献納する予定の、合併式の当日に終戦を迎えたのであった。

　敗戦により、副社長の中国人に、拳銃を突きつけられて、“日本人出て行け”と言われ、全ての財産が無くなったのである。

　昭和 21 年 6 月の武漢地区引き揚げ最終大隊の大隊長を拝命して、日本人全てを船に乗せて、東支那海を渡って内地に引き揚げてきたのである。

　延太郎の妻は、九州が見えたとき、それまで護身用に身につけていた 22 口径の拳銃を“もう不用だ”と言って海に投げ捨てたという。

蘭水電工・北田「昔はそうでも、今は小さいのだから、馬場部長が一喝すれば、イチコロじゃーないでしょうか」

蘭水電工・馬場「そう言うな。俺もあいつは苦手なんだよ。あいつと、お前と歳が近いと思うけれど、比べると、本当にお前が子供に見える。判断力っていうのがお前にはないのか」

蘭水電工・北田「どうして、僕が子供に見えるのですか。そんなに差がありますか」

蘭水電工・馬場「今、こうして、みんなでどうしたら皐月を攻略できるかというのに頭を悩ませている。分かりやすくいえば、お前なら片手で止められる。しかし皐月は両手を使っても止められない。そのくらいの差があるんだ」

＊

　昭和 56 年 6 月 10 日に海山県営繕課からの発注件名が 2 件名だったので、『現説』が 2 カ所にあった。

※前作『秘密会議・談合入門』第 45 話参照

　町から離れた、山の麓のところだったので、地元の電設会館がなかっ

た。

『メンバー』のなかの共栄電業の配電盤製作工場が近くにあるというので、そこを借りて行うことになった。

行ってみると、メンバーに入っていない蘭水電工の馬場がいた。

聞けば、近くにきたので、寄ってみたというのである。

章桂電業の田沼が「ちょうどいいところに来てくれたので、『議長』を引き受けてくれませんか」と頼んだ。

馬場がニコニコしながら引き受けた。

章桂電業と桔梗電業に頼まれて来たと、想像がついた。

木造の２階建ての社屋の社員食堂で行われた。

『トーナメント』が長引いて、夕刻になっていた。

トーナメントの組から議長に、確認したいことがあるから来て欲しいという呼び出しがあって、馬場が部屋から出て行った。

細江電業の細江が“寒い寒い”と言って凍えていた。

この地域は温度が低いところであり、その部屋は日が差していないから寒さはあるのだが、細江は歳が多く細身だから筋肉量が少ないのでますます寒く感じていた。

冷蔵庫の上に、ワンカップの日本酒があった。

細江電業・細江「丸山さん、寒くてしょうがないよ。この酒をもらえな
　　　　　　　　いかな？」

オーナーである共栄電業の丸山専務に細江が欲しいと頼んだ。

共栄電業・丸山「ああ、いいよ。だけど車の運転はできないよ」

細江電業・細江「それは大丈夫。井草電業の井草さんに乗せてきても
　　　　　　　　らっているから」

大森電業・大森「そうだな。それなら俺も付き合うよ」

この豊美市の者たちは仲良しで、１台に４人乗りで出かけてくることが多い。

飲んでも良いという返事だったので、細江と大森が飲み始めた。

丸山が、ついでにおつまみまで出してくれた。

細江電業・細江「毎日この時間になると飲んでいるのでちょうどよかった」

共栄電業・丸山「飲んでもいいけど、『話し合い』はいいのかね？」

細江電業・細江「いいさ。もう『降りた』んだから、『立候補』していないし、ただ結果を待っているだけだから。暖めるにはこれが一番さ」

　言われてみればそのとおりで、ただ待っているだけのことである。

　もしも『決着』がつかなければ、立候補しなかった会社にもチャンスがくるかもしれないが、その気がなければ、帰ってもいいのである。

　気が緩んだ状態で小さな宴会が始まってしまった。

　誠からみれば、もう父親は他界しているので見ることができないが、父親が晩酌をしている姿で、懐かしく感じた。

蘭水電工・馬場「誰だ〜〜。酒飲んでるのは！」

　隣の部屋を出たところの廊下で馬場がどなった。

皐月電業・誠「うるさい！　こっちは『協力』しているんだ。文句あるか」

　誠が立ち上がって、廊下まで出て行って、馬場にどなった。

　この件名に関係ないのに議長をやって図々しいと思っていたから、細江たちの飲んでいる方に味方したわけである。

蘭水電工・馬場「あぁ、悪いねー。今トーナメントの組から“酒を飲んでるなんて不謹慎だ”って言われたもので、ただ格好をつけて言っただけだから、そのまま。そのまま」

　誠の勢いもすごいが、戦前に皐月家にお世話になったという引け目があって、それが強くでられないというのが本音である。

　馬場が、逃げるようにトーナメントの部屋に戻って行った。

　海山県では一番だと思う気持ちがそのまま態度に出ていたが、誠の前

ではそれもかなわず、小さくなった。

　身体だけは大きいが、本当は気の小さな、見かけ倒しの男なのである。

＊

桔梗電業・南武「それで、どういう風にすればいいのだろうか」

蘭水電工・北田「『特殊事情』を出したらいいんじゃないですか？」

章桂電業・田沼「特殊事情のなかの、どれを言うのですか？」

蘭水電工・北田「そんなものは『先行工事』でも『設計協力』でも『関連工事』でも何でもいいじゃないですか」

章桂電業・田沼「あんたねー、あの誠の前で、根拠のないことを言ってごらん。殺されるよ。彼はねー、しっかり調べてきているからね。まして地元だよ。あんた誠をなめてはいけないよ」

蘭水電工・馬場「前から話しておいた、"誠は困るので、また前のように来て欲しい"っていう話を拓社長に話してくれたかな、田沼さん？　南武さん？」

章桂電業・田沼「そう、それですが、南武さんと皐月（拓）さんと私の３人は、よく飲み会をやっていた仲間だから、この前も一杯やりながらその話をしたのですよ」

桔梗電業・南武「それが、そんなに困るなら交代するように、新田常務に話したそうだけど、"誠にそのまま勤めさせて、もしものときは、俺が誠と交代する"という意見だったようですよ。だから、この先に拓さんが戻ってくることはないはずです。なんせ会社で決めたことなので、簡単には変えないのだそうですよ」

蘭水電工・北田「だけど、その新田というのは常務なんでしょう、だったら社長の権限で、何とかなるのではないのですか？」

章桂電業・田沼「それが、その新田というのもすご腕の男で、手八丁・口八丁でスポーツ万能で相撲まで強いというスーパーマンみ

たいな男なんですよ。実力的には、ナンバーワンの男ですからねー。先代社長はそれが気に入って、娘婿にしたほどの男で、これが誠の代わりに来たら、ますますわれわれの狙いどおりにはいきませんね」

蘭水電工・馬場「そうすると、あくまでも、あの誠が出てくるということだね。困ったものだなー」

蘭水電工・北田「普段見ていて、たいしたことないように思うのですが」

桔梗電業・南武「ああ、北田さん、それは甘いですよ。うちで会議をやっても、自分の意見を言って、それに反論されたらそれで黙ってしまう奴はいますがね。誠みたいな奴はひとりもいませんよ。自分の意見はしっかりときっちりと、理論だってきますから、簡単には引き下がりませんよ。それも身体を張ってまでも主張するのですから」

章桂電業・田沼「南武さんの言うとおりで、何であのお坊ちゃま育ちが、ああまで身体を張るのか、ちょっと考えられないのですよ。普通なら、御身大切で静かにしていますよ」

蘭水電工・馬場「いつも俺が、この木村と北田に言うんだが、"身体を張って行ってこいって"、そしていつ倒れてもいいように、"下着は奇麗な物をつけていろよ"って。こつらは突撃精神っていうのがないんだよ。駄目なんだよ」

　馬場本人は、強い男でもないのだが、口だけは強気である。

　それでも、身体が大きいから強く見えるのである。

桔梗電業・南武「だけど、肝心なのは、蘭水電工さんが『希望』しているのはわかるけれど、果たして他社で希望するのが何社あるのか？　またはないのか？　そこはわかりますか？」

蘭水電工・木村「この件名は、発注先だけでなくて、諸官庁が関係していて、書類などが多くて面倒だから、小さい規模の会社はそ

　　　の事務手間が多すぎて『立候補』を渋ると思われます。問題

　　　はそこです。やはりライバルは善統電工だと思います」

こうして、彼らは、受注のための作戦会議を行ったのである。

そして、大型の件名は、いつもこういうことであった。

3. 誠に来客

　日曜日で会社は休みであるのだが、『談合』に出かけて、業務の処理ができない分を処理しようとして出社していた。

　誠一人の出社である。

　国道１号線に面している建物は、平日はやかましいほどだが、休日のせいか静かである。

　３階建鉄筋コンクリートの建物の２階の事務所で、わずかに感じる階段を昇ってくる物音。

岩波電業・岩波「こんにちは。やっぱりいたか」

皐月電業・誠「あれ！　岩波さんですよね？」

岩波電業・岩波「おー、憶えていたかー」

皐月電業・誠「そりゃー、憶えていますよ」

　以前に、西部地区の件名で会った同業者である。

　※前作『他言無用・秘密会議秘話』第２話参照

皐月電業・誠「どうしたんですか？　どうしてここへ？」

岩波電業・岩波「明日『現説』と『話し合い』があって、その会場が花木市なんだよ。うちは田舎の方なんで、今日はホテルに泊まって、明日ホテルから出かけようと思っている。今この前を通ると、門が開いていたから、もしかして誰かいるのかと思って、勝手に入ってきたんだよ」

皐月電業・誠「明日のって、記念物保存会館の件名ですか？」

岩波電業・岩波「おお、やっぱり。お宅もこの件名には指名されていると思ったよ。だから気にして走っていたんだよ」

皐月電業・誠「そういうところをみると、『指名メンバー』は知らないのですね？」

岩波電業・岩波「そうだよ。行ってみなければわからないということなんだよ。お宅は知っているのかね？」

皐月電業・誠「私も知らないのですが、想像で、おそらく大手支店業者が数社と県内の有力業者が数社で、10社くらいで構成されていると思うのですが」

岩波電業・岩波「大手が入っている？」

皐月電業・誠「以前にも、こういう件名がありまして、その時がそうでした。きっと蘭水電工が主導権を握って頑張ってくると思いますよ」

岩波電業・岩波「その蘭水電工の馬場っていうのが、この海山県では随分と威張っているけれど、大手の支店業者だけの会合では、小さくなって何も発言できないそうだよ」

皐月電業・誠「そうですか。いい加減なハッタリ野郎ですよ。私はいつもそう思っていますが、それで岩波さんは、この件名を狙っているのですか？」

岩波電業・岩波「狙うだなんて、面倒くさそうな工事で、どうしようかと迷ってはいるんだよ。お宅はどうだね？」

皐月電業・誠「正直言って、行き当たりばったりですよ」

　誠が笑い飛ばしたら、岩波も同じであった。

岩波電業・岩波「ところでさー、道場はどこだね？」

皐月電業・誠「行きましょうか」

　誠が社内にある武道場に岩波を案内した。

岩波電業・岩波「広いなー、空手だけと思った、武器もあるじゃないか」

　100畳の稽古場とその他の設備がある。

　日本武道で使う武器は全て並べられている。

　竹刀・木刀・六尺棒・五尺棒・四尺棒・丈・薙刀・槍・トンファー・

ヌンチャク・釵（さい）・三節棍・鎖鎌・万力鎖・居合刀などなど。

岩波電業・岩波「前に言っていた話だけど、実際にやって説明してく
　　　　れ」
皐月電業・誠「ああ、あの話ですね。では木刀を持って下さい」
　　誠は六尺棒を持ち、岩波は木刀を持って向かい合った。
皐月電業・誠「では、私が攻撃しますから受けてください」

　　誠は子供のころから棒を扱っているから、いったんどれかの棒を持て
ば、その棒を見ていなくても、感覚でその棒のどの位置を持っているの
かがわかる。
　　今、ちょうど真ん中あたりを持っていて、先の方か後ろの方か、いず
れも出しやすいようにしている。
　　槍として突くのか、薙刀として薙ぎ払うのか、剣として打つのか
　　グルグルと振り回すのか、岩波は緊張した。
　　六尺棒を三等分して持っているから、手から先は三尺である。
　　木刀より短い。
　　それが、すーっと後ろに引かれて、目の前から消えた。
　　木刀で打ち込むなら、そのときである。
　　その瞬間に、後方に引かれた棒は、床すれすれに円運動をして岩波の
脛（すね＝くるぶしから膝の中間）へ打ち込まれた。もちろん軽く当て
た。
　　『端送り』という“手の内”の使い方である。
　　棒術は、慣性の法則というのか作用反作用というのか、自然に左右の
腕が動く。やってみれば、即座に上手になる。
　　※武集館道場ホームページ・動画参照、

岩波電業・岩波「おぉー、これを言っているのか」

皐月電業・誠「そうです。剣道ですと、中段より下には剣先を降ろしま
　　　　　せんので、膝から下を狙うのです。異種試合で、剣道と薙刀
　　　　　が戦うことがありますが、薙刀の方はやはり脛（すね）を
　　　　　狙ってきますので、剣道の方は、下段に構えています。そう
　　　　　していると、今度は面を狙ってくるので、今度は上段へと構
　　　　　えて、剣道の方は上へ下へと忙しくなりますね」

　誠が、各武道の弱点や、各武器の弱点などを話をすると、岩波は納得
していった。

岩波電業・岩波「俺は剣道だけしか知らないから、ちょっと教えてく
　　　　　れ。その棒術と剣道と戦うとどうなるのか」
皐月電業・誠「では、軽く・ゆっくりと試合形式でやってみましょう」
岩波電業・岩波「防具は着けないのか？」
皐月電業・誠「私はいらないです。岩波さんも、今日はいらないです
　　　　　よ。だって真剣に攻撃しませんから」

　誠が、力まずに攻撃を掛けた。岩波は焦った。
　上から下から、右から左から、斜め上から斜め下から、打ってくる
が、時々突いてくる。
　木刀で、それを受けているだけで忙しい。
　その隙間を狙って、攻撃を掛けるが、出ると脚を狙われる。

岩波電業・岩波「おいおい、それでゆっくりなのか？　受けての手応え
　　　　　は、力が入っていないことはわかるが、打ってくるというよ
　　　　　りも、棒が流れてくるというように感じる」
皐月電業・誠「気が付きましたか。私の棒術は、先ほどの『端送り』と
　　　　　同じように、『手の内』というもので、棒を握らないで、手
　　　　　の中でスライドしながら打ち込んでいます。ですから武器
　　　　　（棒）のリーチが長くなります。早い話が、最初短く見せて
　　　　　おいて、攻撃は全て長くなっているのです」

岩波電業・岩波「最初に三等分で持っていて、俺の木刀を受けるときは、力で負けないように、三尺の長さで受けて、攻撃するときはスライドして遠心力で力とスピードを増す、という方法なんだな。これは手ごわいな。どの流派の棒術も同じなのか？」

皐月電業・誠「いいえ、違います。私の棒術はわが家の伝承武芸です。普通は六尺棒・五尺棒・四尺棒（杖術と同じ）と分類されていて、長くなるほど棒の直径が太くなります。私の六尺棒は、棒術で使う四尺棒（杖）と同じ太さです。すなわち細いのです。ですから軽くて自由自在に動きやすいのです。武器となると頑固なもの太いものというイメージがありますが、重いと動きが遅くなりますね」

岩波電業・岩波「なるほどな。刀だって、普通の１キロくらいの物ならば動きが速いけれど、胴太貫（どうたぬき）のように２キロもあれば、振り回せないよ。まーそれを使いこなす奴もいるにはいるけれど」

皐月電業・誠「初めてやったにしては、下からの攻撃をうまく受けましたね。さすがです」

岩波電業・岩波「それはなー、左構えのときも、右構えのときも、前の手が〝バット握り〟だったり、〝ゴルフ握り〟だったりしたから、それで予想したら、たまたまなのかそれが全部とも当てはまったから、うまく避けられたんだよ」

皐月電業・誠「なんですか？　それは？」

岩波電業・岩波「そうか、気が付かなかったのか。それじゃーもう一度やってみよう。今度もゆっくりやってくれ」

　さっきと同じように誠がゆっくりと攻撃した。

　またも、岩波の木刀が、誠の打ち込む棒をことごとく受けてしまうのである。

皐月電業・誠「"起こりの見えない打突"というように心がけているのですが、ゆっくりだから、"起こり"（動作しようとする瞬間）が読まれたのですか？」

岩波電業・岩波「それもあるけれど、これが早ければ受けられない。皐月君は熟練しているがために、次の連続技が頭に入っているので、事前にその準備動作を行っている。棒の前側で打ち込むときは"斜めの握り"を、棒の後ろ側で打ち込むときは"直角の握り"をというように、無意識だろうがその動きをしているので、その前の手の握り方を見て、次の攻撃を予測したのだが、それが当たっていたというわけだよ」

皐月電業・誠「もう少し詳しく教えてください」

岩波電業・岩波「よーし、では剣術的な見方で説明するよ」

　岩波が説明をした。

　剣の柄の握り方に"斜めの握り"と"直角の握り"がある。

　"斜めの握り"とは、"ゴルフ握り"と言ったほうが早いがゴルフのクラブを持つときのように、親指と人差し指でVの字をした握り方であり、剣を持つときがその握り方なのである。

　およそ先端が切れる武器、剣とか薙刀とか槍のように刃物の武器は、前攻め専門だから"斜めの握り"＝"ゴルフ握り"をする。

　"直角の握り"とは"バット握り"と言った方が早いが、野球のバットを持つように、手首を曲げずに、握り拳のそのままにすることである。

　剣術では、相手の打ちを防ぐときに用いる。

　長い柄のほうきで掃き掃除をするときに、一般的には左手が"直角の握り"で右手は手首を斜めにして"斜めの握り"の逆の格好のように

持つ。

　固定する方を、"直角の握り"で、動かす方を"斜めの握り"にしている。

　棒術の場合は、前から後ろから、斜めからという変幻自在に動くので、軽く握っているのだが、次の攻撃方法がわかっていることと、後側を出して攻撃する姿勢が常にあるので、前の手が"直角の握り"になって、既に準備をしている。そのくせ、棒の前側を使うときは、自然と"斜めの握り"に早変わりする。

皐月電業・誠「そこまで見ていたのですか、それはビックリです。他に何か気が付きましたか？」

岩波電業・岩波「棒術と戦うのは初めてなのだが、ゆっくりやってくれたから、次はこうだろうという予測がついたが、これが普通の早さでやったならば、正直言って、かなわない。受けることに必死になって、攻撃ができない。これはいい勉強をしたよ」

皐月電業・誠「そうでしたか。自然に握り方が、そのようになっていたなんて、気が付きませんでした」

岩波電業・岩波「いや、それは問題ないよ。自然に握り方が変化していたよ。うまいもんだね。かなり慣れているというのがわかるよ。とにかく、手の内で棒の伸縮をスムーズにやるのは見事だよ。孫悟空の如意棒（にょいぼう）っていうのが、それだよな」

　木刀の手から先は、約75センチである。六尺棒を構えたときの手から先は、約60センチである。

　このまま打ち合えば、棒の負けである。

　しかし、誠の棒は違った。"手の内"の活用で、棒の前からの打ち込

みは 120 センチ、後ろからの打ち込みも 120 センチと、スライドして伸びてくるのである。

皐月電業・誠「それで、攻撃しないで、受けに回っていましたが、それはどうしてだったのですか？」

岩波電業・岩波「実はな、柳生流をちょっとやっているのだよ。"活人剣" と "殺人剣" って聞いたことがあると思うけれど、それもちょっと説明するよ」

　"活人剣" とは、相手の動きにに乗じて勝つ剣のことを言う。
　構えのない状態で相手に仕掛けさせて、それに応じる。
　"殺人剣" とは、こちらから構えをとって威嚇して切り込む。
　柳生流では、"活人剣" を主眼として、相手の仕掛に対して転じて勝つという "転"（まろほし）という技を使って、相手の打突に対して円転自在に応じて勝つという方法を用いている。

岩波電業・岩波「正直言って、攻撃する隙もなかったから、"活人剣" の精神でやったのだよ。それで、槍とか薙刀が、先端を刀で切られたら、棒術として使うということはわかるが、その棒がさらに切られるとか、折れたときはどうする？」

皐月電業・誠「もしも棒が折れたら、二刀流にでもして戦うということになります。だけど、剣道の打ち込みは早いから、そのときは負けると思われます」

岩波電業・岩波「その棒術を学んでも、そんな長い物を持ち運びできないよな」

皐月電業・誠「持ち運ぶときは、実は組み立て式があるのですよ。棒術をやるとわかるのですが、合気道と同じということに気が付きます。相手が棒でも、自分が棒でも、どちらでも合気道が

使えるのです。これが面白いのです」

岩波電業・岩波「そうだな。武器を持てば大丈夫と思うが、それぞれに弱点があって、そこを狙われれば、武器がないのと同じことになるよな。つい、自分のやっている武道が最高と思いがちだが、それはマズイと思ったよ。それで、どうして武道についてあれこれ詳しいのだね？」

皐月電業・誠「体格の大きい者が強くて当たり前です。それが自分より小さい者に負けたら、弱いとなりますが、小さい者が大きな者に勝てば、それは強い・すごい・素晴らしいにまでなります。自分自身が小さいので、大きな者に勝つにはどうしたらいいのかと思いました」

岩波電業・岩波「それは、誰でもそう思うよ」

皐月電業・誠「祖父が教えてくれた『忍体術』というものがあって、それにプラスして実兄が各種の武道を経験していたので、教えてくれました。そこには、面白い『技』がありまして興味をひきました。あちこちの道場にも入門しました」

岩波電業・岩波「学校でクラブでも入部していたんだろう」

皐月電業・誠「いいえ、中学の時に柔道部に入りましたが。後は町道場です」

岩波電業・岩波「てっきり、高校も大学も空手部かと思った」

　誠が中学に入ったときに柔道部があった。

　そのときの３年生が創立したので、誠はこの中学校の柔道部第３期生となった。

　１年生の新入部員は50人ほどいたのだが、いじめのような訓練と稽古で、みんな辞めていった。

　誠もついていくのが辛かったが、好きな世界なので辞めなかった。最

後に１年生は誠だけが残った。

　３年生が卒業したら、２年生が２人と誠の３人だけになってしまったのである。

　誠が、元の部員に声を掛けて戻ってきてもらって、部員が少し増えた。３年生のときにはまた増えていった。

　何とか３年間やっていた。

　その中学校は、校名が変わった。そして今や全国大会に毎年出場して、いつも優秀な成績を残している。

　誠のその柔道部での経験から、クラブ活動は嫌になった。

　そのときにしごきをした先輩の中には、新聞に載った人物もいた。

　誠にとっては、砂利の上でのウサギ跳びは一番辛いものであった。

　そして、膝を痛めたのである。

岩波電業・岩波「みんなが辞めたのに、よくそれでも残っていたなー、
　　　　　　　　頑張り屋だなー」
皐月電業・誠「いや、違うのですよ。私も辞めたかったのですが、冬の
　　　　　　　ある日、稽古が終わったころに、その中学の番長だというの
　　　　　　　が２人の子分を連れて道場に来たのです。その日から、その
　　　　　　　しごきが、ちょっと変わったからです」

　その日、籍を柔道部に置いてあるのだが、ほとんど道場にこないW
先輩が２人の子分らしき者を連れてきて、道場でけんかのやり方を２人
に教えた。

　"これが空手だ"と言って始めたのである。

　誠は兄の空手を見たことがあるので、空手とは思えなかった。

　そしてW先輩は誠を相手に空手の格好をして構えたのであった。

W「俺の空手を受けてみろ」

誠「僕の兄さんも空手をやっています」

W「どこで？」

誠「大学です」

W「大学だって！ T大学の空手部ならすごいけれど、他はたいしたこ
　　　とはない」

誠「そのT大学です」

W「何だって！　本当か！」

　これを聞いて、W先輩の態度が、急に変わった。

W「今度何かあったら俺に頼みにこい。"兄さんによろしく言っておい
　　　てくれ""おい、こいつを大事にしてやってくれ"」

　そう言って帰った。

　それから、しごきが少し和らいだように感じた。

　T大学の空手って、すごいんだ！

　それが、誠を空手の世界へ導いたきっかけであった。

岩波電業・岩波「あちこちへ入門しても、全部憶えられたのかね？」

皐月電業・誠「それが、古流武道に入門すると、まず基本からですが、
　　　どの流派にも『一本目』という、最初に教えてくれる『形』
　　　があります。不思議にも、その技こそがその流派の特徴を表
　　　した極意なのです。いくつか入門すれば気が付くことです」

岩波電業・岩波「言われてみれば、柳生流も同じかな。だけど、あんた
　　　は若いのに、なぜスポーツ化した『道』の方じゃなくて『術』
　　　の方なんだね？」

皐月電業・誠「空手をやってみてわかったことですが、基本があって、
　　　約束組手と形というものを学びますが、それが、試合となる
　　　と全く異なるものに変わってしまうのです。ルールの影響で
　　　そうなるのですが、スポーツ化したものは、どれも身体の大
　　　きい者に有利となります。体重とかリーチとかが重要です。

先人が研究して残した技は使わなくなります」

岩波電業・岩波「確かに、剣術はいくつもの流派があって、多数の技が
あっただろうが、剣道になったら、面・胴・こてしか打たな
いものになったということかね？」

皐月電業・誠「言い切るものではありませんが、漫画的に解りやすく表
現すると、そういうことです。私は、『術』と『技』という
ものに興味がありまして、武器術もいくつかやっています。
身体を鍛えなくても、武器があれば、さらに強くなるでしょ
うし、あらゆる武器を使えるようにしておくことも必要だと
も思っています」

岩波電業・岩波「今日はいいことを聞いた。今度他の古流の剣術を勉強
してみるよ」

皐月電業・誠「最強軍団といわれた新撰組と赤穂浪士の討ち入りには
〝勝つ〟という共通点があったのですよ。これを探るとまた
面白くなりますよ」

岩波電業・岩波「それは、どういうことだね？」

皐月電業・誠「岩波さんなら、すぐに気が付きます」

誠は、笑って教えなかった。

誠が岩波を相手に、実演をしてみせた。その逆もやった。

岩波は、体験によって理解したようである。

誠も、岩波の説明で、勉強をした。

武道の講義・実技実演で、いつまでも話が続く二人であった。

岩波電業・岩波「ところでさー、あんたは自分のことを〝私〟って言う
よね。普通体育会系って〝自分〟て言うんだけれど、なぜ？」

皐月電業・誠「私も自分のことは〝自分〟って言っていたのですが、こ

の『談合』の世界に入ったときに、初めて会ったのが、青梅電業の摩崎で、彼が"私"って言っていたのです。最初は女の子のようだと思ったのですが、あのドスの効いた声で"私"と聞いているうちに、礼儀正しい"侍"が話しているような感じがしてきて、それで、自分も使ってみようと思って使うようになりました」

岩波電業・岩波「そうか！"侍"かー、俺なら"わし"かなー」

岩波が豪快に笑った。

そして、岩波はホテルへ向かって行った。

翌日に、また会うことになる。

このとき、岩波が40代、誠が30代であった。

歳が離れていても、趣味が同じであれば親しくなる。

4. 現場説明会の後

　記念物保存会館の現場説明会が行われた。

　発注者から指名を受けたのは、大手支店業者が4社と県内の中部地区近辺の地元業者が8社の計12社である。

　善統電工・勝間支店、　蘭水電工・海山支店

　日鉄電工・海山支店、　佐起電工・海山支店

　中部地区・花木市＝青梅電業、桔梗電業、章桂電業、皐月電業

　中部地区・海山市＝海山電業、日風電業、

　東部地区＝井草電業、

　西部地区＝岩波電業

　説明会場には長机が6基、椅子が12脚用意されていた。

　机1に椅子が2である。

　蘭水電工は3人で来たのだが、座るところがない。

　2人は外で待機である。

　お互いに隣同士と会話をしている。

　誠の席の隣は章桂電業であるが、話をしない。

　設計図書（設計図面と工事内訳書）が配布されて、その説明をされた。

　入札に関する日時・場所・方法などの説明があって終了となった。

　会場の外に出れば、外で待機していた蘭水電工の木村がみんなに声を掛けた。

蘭水電工・木村「みなさん、この後、会場を用意してありますので、そ

ちらにお越し下さい」
　　そう言って、木村と北田が案内地図を全員に配った。
善統電工・宮野「どうして、そこへ行くのですか？」
蘭水電工・木村「わかっているじゃーないですか。いつものようにお願
　　　　　いします」
善統電工・宮野「これは、いつものものと違いますよ。民間の件名です
　　　　　よ。いい加減にしてくださいよ」
章桂電業・田沼「まあまあ、宮野さん、とにかく一度集まって、それで
　　　　　今後のことを相談しましょうよ」
善統電工・宮野「ですから、何を相談するのですか？　そんなものあり
　　　　　ませんよ」
章桂電業・田沼「まあまあ、とにかく、お越し下さいよ。待っています
　　　　　から」

　　誠はこのときに周りを見渡して、区分けして想像した。
　◎その会場に行こうとして身体が動いた会社＝
　蘭水電工、日鉄電工、佐起電工、海山電業、桔梗電業、章桂電業、青
梅電業
　　これらは、電話連絡で承知していたようである。
　◎会場に行く気がみえなかった会社＝
　善統電工、井草電業
　　この件名に『談合』は無用と思っていたようである。
　◎どうしようかと、迷った会社＝
　皐月電業、日風電業、岩波電業
　　出掛けて行ったときの様子で対応するつもりの会社である。

　　12社のうち、7社が賛同しているのだが、蘭水電工が3人なので、数
としては9人がまとまって動いた。それによって、つられるように残り

の５人が動いた。

　四角形の口型に配置されたテーブルの上席に、蘭水電工がそろって
座った。その近辺に子分のような仲間が座った。
　下座に善統電工と皐月電業が座った。
　誠はいつものように、角の席を選ぶのである。

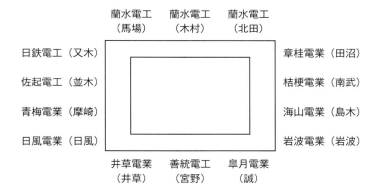

　日風電業は、以前に誠に脅かされているので、誠から離れたところに
座った。
　※前作『秘密会議・談合入門』第42話参照
　岩波電業は誠と親しくなったのか、誠のそばに座った。

蘭水電工・木村「みなさん、ご苦労さまでした。今回の件名について
　　　　　『打ち合わせ会』ということで、お集まりしていただきまし
　　　　　た。まずは、コーヒーでも飲んでいただきまして、ゆっくり
　　　　　と始めたいと思います」
　コーヒーが運ばれてくるまでの間は雑談である。
善統電工・宮野「皐月さん、ご無沙汰しています。どうですか、お変わ
　　　　　りありませんか」

皐月電業・誠「こちらこそ。もう今回は、完全に組まれていますね。ひ
　　　　　　な壇に座った人間関係で分かりますね」
　社交辞令の下手な誠は、気になったことだけを言った。
善統電工・宮野「そうですよ。さすが見抜いていますね。皐月さんは、
　　　　　　この件名をどういうようなご希望なのですか？」
皐月電業・誠「おそらく、宮野さんと同じだと思います」
善統電工・宮野「よかった。心強いですよ」
　もう意味が伝わったのか、静かにコーヒーを飲み始めた。
　彼はいつも紳士的である。

蘭水電工・木村「みなさん、このたびのこの件名は、『窓口』というも
　　　　　　のが『ルール』の中で、設定されておりません。そこで、ど
　　　　　　こかの『窓口』に入れ込むとか、今回ここで新しい『窓口』
　　　　　　をつくるとか、となります。どのようにしたらいいかと思い
　　　　　　ますが、ご意見のある方はいらっしゃいますか？」
皐月電業・誠「はい、皐月電業です。その前にですが。先ほどの『現
　　　　　　説』会場で、1社1席でした。それが今、1社で3名という
　　　　　　会社がありますが、それはどういうことでしょうか？」
蘭水電工・木村「それは、先ほどは席がなかったのですが、ここではこ
　　　　　　のように席があるのですから、よろしいのじゃないですか」
皐月電業・誠「ああそうですか。普通『話し合い』は1社1名の出席と
　　　　　　なっていますが、そうではないということは、この集まり
　　　　　　は、『話し合い』ではないと判断してよいわけですね」
善統電工・宮野「善統電工です。ただいま皐月電業さんの発言はまこと
　　　　　　に理にかなったお話だと思えます。『窓口』がないならば、
　　　　　　それはそれで『自由競争』ということになりますから、こう
　　　　　　して集まる必要はないかと思います」
蘭水電工・木村「ですから、今から新しい『窓口』をつくるとか、とい

　う意見もでてくるものだと思います」

岩波電業・岩波「今、出てくる意見があるはずだ、とも聞こえる発言で
　　　　　　したが、もう事前打ち合わせとかあって、次に発言する予定
　　　　　　者がいるとか、そういうことですか」

　誠は、岩波と事前打ち合わせをしたわけではないが、岩波が誠の言い
たいことを発言した。

　顔と顔を見合わせて、ニコッと笑って、拍手をしたいところだが、と
ぼけて他人同士という態度を装った。

章桂電業・田沼「そうじゃなくて、木村さんが言ったのは、その可能性
　　　　　　を言ったまでで、"必ずそうなる"と言ったのではないと思
　　　　　　いますよ」

桔梗電業・南武「私としては、ないならつくる、ということで良いと思
　　　　　　います」

　早速、"蘭水電工連合艦隊"が動き始めた。

　"それ見たとおりだ！"と言いたくなる光景である。

善統電工・宮野「つくるっていうのもいいですが、私は『AC 会』の役
　　　　　　員をやらせていただいていますが、ひとつの『窓口』を設定
　　　　　　するのに、何カ月も掛かりますよ。同じ役員である、蘭水電
　　　　　　工さんも、章桂電業さんもそれは十分にご承知だと思いま
　　　　　　す。入札はもうすぐなのですよ。それは無理というものだと
　　　　　　思います」

　この時、まだ誠は『AC 会』（談合秘密組織）の役員になっていない
のである。

岩波電業・岩波「この件名で『窓口』を急いでつくっても、今回限りと
　　　　　　も思えるこの件名で、次回にまた指名があるかどうかもわか
　　　　　　らないのですよ。これは明らかに民間の設計事務所に依頼し
　　　　　　た民間の件名なのだから、自由にやればいいのじゃないです
　　　　　　か」

章桂電業・田沼「その場合に、受注できればいいですが、受注できなかったときに、もったいないじゃないですか、ですから、何らかの『実績』の結果を残した方が利口と思いますが」

岩波電業・岩波「なんだって！ 今の発言を許さないぞ！ それじゃー俺が利口ではない、ということじゃないか！ 馬鹿にするな！」

　椅子から立ち上がって、なんと、誠そっくりの怒り方である。

章桂電業・田沼「いや、その、あの…」

善統電工・宮野「よろしくないですね。人様を怒らせるような発言があったのでは、マズイと思いますよ。それはしっかりと謝罪すべきではないのでしょうか」

　こういうときに、二枚目が言うと、穏やかで説得力がある。

　紳士的に、各個に責めていく。上手である。

桔梗電業・南武「今の利口とか利口でないとかというような表現の仕方が悪かったと思いますが、言っている内容は『実績』すなわち『点数』と『回数』を残した方が、有利だという意味だと思うのですよ。そこは仲間ですから汲んでやってください」

　南武がすぐさま盟友の救命に出動である。

岩波電業・岩波「なに言ってんだ！ 今日初めて会ったひとばかりで、それを仲間だなんて、勝手なこと言うんじゃない！」

章桂電業・田沼「いや、その、私の失言でした。お詫びします」

皐月電業・誠「今の『点数』と『回数』をもらっても、将来有効的に使えるかどうかということを考えると、岩波電業さんのお考えの方が、良いように思えます。それから今、こちらの剣道の岩波先生がご立腹ですが、怖くなりましたので、私は帰らしてもらいたいのですがよろしいでしょうか？」

　誠が、意識的に「剣道の先生」と言ったので、全員が岩波の顔を見た。

善統電工・宮野「えー、皐月さんが怖いのですか？　それじゃー、僕な
　　　　　　　んかとてもとても、じゃー私も帰らせていただきたいと思い
　　　　　　　ます。コーヒーをごちそうさまでした」
岩波電業・岩波「なんだ、あんた方、帰るのか！　じゃー俺も帰る」
　3人が椅子から立ち上がった。

　予定したストーリと全く異なる展開にされて、困ったのは蘭水電工を
頭にした"連合艦隊"である。
海山電業・島木「待って下さいよー」
　走って止めにきたのは、海山電業の島木である。
海山電業・島木「こういう別れ方はあまり良くないように思いますの
　　　　　　　で、まずはいったん戻って下さいよー」
　頼み込むような言い方である。
　いつも温厚で人当たりのよい島木である。
皐月電業・誠「コーヒー代を払っていけって言うの？」
海山電業・島木「まさかー、とにかく、お座り下さい」
　仕方ない、という感じで、3人が椅子に座った。
海山電業・島木「いま、意見の違いとか、言葉の使い方で、こうなって
　　　　　　　しまったのですが、時間が経てば考え方の整理とかもできま
　　　　　　　すし、新たな良い考えもでるとも思えますので、いったん解
　　　　　　　散して、もしよろしければ、もう一度場所を改めてやり直す
　　　　　　　というのはいかがでしょうか」
蘭水電工・木村「せっかくこういう機会をつくりましたので、この続き
　　　　　　　ということで、そうしてもらえるといいのですが」
善統電工・宮野「もう一度って、もしも出席したら、その意見は多数決
　　　　　　　で決めるのですか？　そういう問題ですか？　そもそも集ま
　　　　　　　るかどうかが疑問があるのに、弊社は遠慮させていただきま
　　　　　　　す。来ませんよ」

岩波電業・岩波「俺は、『現説』に遅れないように、っていうことで、昨日は近くのホテルに泊まったんだよ。それは遠方だということなんだが、またここまで来るっていうのはお断りだよ。それにおもしろくないところには行く気にもならない」

皐月電業・誠「弊社では、何でもかんでも『談合』をするという考え方は基本的にはありません。民間のたたき合い競争に慣れていますから、それで結構です。既成事実があって、誰もが承知している『窓口』なら理解しますが、そうでなければ、遠慮させていただきます。私だけ呼ばなくてもいいですよ。勝手にみなさんでやってください。失礼します」

　誠は、本気で出て行った。

　こういう徒党を組むとか、陰謀だとか、策略だとかというものが嫌いなのである。

　後ろから、岩波がついてきた。

　その後ろを、宮野がついてきた。

　さらに、何人かがついてきた。

　どうやら、今日の集会は、予定外の解散となってしまったのである。

　残ったのは、蘭水電工（3人）・日鉄電工・章桂電業・桔梗電業・佐起電工・海山電業・青梅電業の7社である。

　5社が帰ったのである。

青梅電業・摩崎「あの皐月さんが、岩波さんが怖いって言ったのは変ですねー」

日鉄電工・又木「なぜなんだね？」

青梅電業・摩崎「私が聞いている話では、公園であの二人がチャンバラをして、"皐月さんの一撃で、岩波さんが動けなくなった"って聞いているんですよ。だから、強い方が相手を怖がったなんて、変だと思うのですよ」

日鉄電工・又木「チャンバラ？　それは、ふざけて？　それともけんか
　　　　　　　でもして？」

青梅電業・摩崎「それはわからないのですが、そばで見ていた人は、そ
　　　　　　　の最後の瞬間だけを見ていたそうです。だから最初がどう
　　　　　　　なっているのかはわからないのです」

日鉄電工・又木「そうなると、仲間なのか？　嫌いな相手なのか？　と
　　　　　　　いうことはわからないのだね」

蘭水電工・木村「その皐月と、善統電工の宮野との関係はどうなってい
　　　　　　　るか？　知っている人いますか？」

青梅電業・摩崎「うちは、皐月さんと『相指名』（同じ件名で指名を受
　　　　　　　ける）になることが多いから、見ているけれど、善統電工さ
　　　　　　　んと親しく話をしているところを見たことがない。善統電工
　　　　　　　さんは、豊美市の業者とは親しいようだけど。だからさっき
　　　　　　　も隣に座っていましたね」

蘭水電工・木村「じゃー、今日はたまたま、同意見だったということか
　　　　　　　な？」

青梅電業・摩崎「民間ですが、うちが入っている大岳製作所海山工場
　　　　　　　に、皐月電業さんも入っているのですよ。『話し合い』でう
　　　　　　　まくやろうと持ちかけたのだけど、きっぱりと断られたので
　　　　　　　すよ。だから、今回のこの件名には本気で自由競争をやると
　　　　　　　思います」

蘭水電工・木村「その『話し合い』の誘いを摩崎さんがやったので、う
　　　　　　　まくいかなかったということはないのですか？」

青梅電業・摩崎「いや違いますよ。他の大手業者も入っているので、そ
　　　　　　　ちらから話し掛けたのですが、駄目だったのですよ。地元
　　　　　　　で、あの安売りで有名な榊電業と見積競争をしているくらい
　　　　　　　ですから、この件名を受注する気になっているとしたら、弊
　　　　　　　社では無理です。とにかく、皐月さんがあれじゃー、善統電

工の話の前に、この『話し合い』は、まず無理！ということ
　　　だと思います」
　そう言って、摩崎も部屋を出て行った。
　続いて、海山電業と、佐起電工も部屋を出て行った。
　蘭水電工の馬場は、ずーっと、腕を組んだままである。
　自分の存在を誇示しながらも、部下にやらせて、考え込んでいた。

　最後まで部屋に残ったのは、蘭水電工（3人）・日鉄電工・章桂電業・
桔梗電業の4社である。
蘭水電工・馬場「これはマズイなー。やっぱりガンとなるのは、予想どお
　　　りの善統電工と皐月電業だな。何かいい手はないものなの
　　　か」
蘭水電工・北田「ものすごい者にでも頼んで、やっつけてもらいたいです
　　　ね」
章桂電業・田沼「必殺の仕掛人ですか？　冗談じゃない、こっちの立場
　　　が悪くなる」
日鉄電工・又木「俺も剣道をやっているから、あの岩波さんを知ってい
　　　るけれど、あの人は強いよ。それが動けなくなった！ってい
　　　うのが気になるよ」
蘭水電工・馬場「北田！　お前、子供みたいなことを言っていないで、
　　　どうしたらうまくいくか考えてみろ！」
章桂電業・田沼「一人だけ、っていうなら、それなりに手段も考えられ
　　　るかもしれないけれど、一人だけじゃないから困ります
　　　ねー」

　馬場の計画は、この件名の入札を『不調』に終わらせることにある。
　『不調』とは、入札の『予定価格』よりも、指名された全社が高い金
額を提示して、『落札』ができない。ということである。

　そうなると、発注者側は、予算を組み直して、『再入札』を行うことになる。

　この場合には、予算金額が上昇するのである。

　あるいは、『メンバー』の総入れ替えということも行われる。

　しかし、もしも『メンバー』を入れ替えしても、全てではなくて、蘭水電工は残るはずであるという自信があった。

　今回の『メンバー』を調査すると、寄付があったとか・地主とか・地元有力者などの何らかの関係者と想像がついた。

　これらの『メンバー』を全て入れ替えすることは、後々を考えると、問題が生じる可能性があるので、設計金額を変更することになるはずであると読んでいる。

　諸官庁の設計金額は、市場調査を行い、全国ほとんど変わらない金額と想像できるのだが、今回のように、民間の設計事務所の場合は、その金額がどういうものなのかということもある。

　そして、発注者が民間であるので、交渉がし易いという面もある。

　そこを狙っているのである。

　『不調』に持ち込んで、金額をつり上げて、受注するという計画は、『メンバー』の協力が必要なのである。

　すなわち、全社が予定金額より高額な金額を提示（入札書）することにある。

　みんなで、高い金額を提示しても、ある1社だけが、正当と思われる金額を提示すれば、その会社が落札することになる。

　それをされないように、なんとかして、『メンバー』を意のままにさせたいのである。

桔梗電業・南武「とにかく、もう一度全社に集まってもらって、協力を
　　　　　　　頼んでみましょうよ。考え方が変わっているかもしれない

し」

章桂電業・田沼「私たちは、馬場さんから下請けとして仕事をもらって
　　　　　　　も、他社は何もメリットはないから、だますようなアメ玉は
　　　　　　　ないですかね？」

蘭水電工・馬場「そこを考えなくてはならないのだが、もう一つの問題
　　　　　　　が出てしまった。今日の『現説』で言うのに、“『最低制限
　　　　　　　価格』はない”、ということだ。これがなければ、必死で
　　　　　　　『取ろう』とする奴がいれば、スコーンと脚をすくわれるこ
　　　　　　　とも考えられる」

　まずは、ここまでで、この会場から表に出た。

　そして、その宿題を持ち帰ったのである。

5. 食事会 I

　蘭水電工の準備した会場を出たところで、誠に声が掛かった。

善統電工・宮野「皐月さん、明日は会社にいらっしゃいますか？　そして、時間は空きますか？」

　宮野は40代である。きちんとした背広姿だから、そうみえるのではなく、間違いなく二枚目の紳士である。

皐月電業・誠「なるほど。います。時間は合わせます」

　誠が宮野の聞きたいことに、素早い回答をした。

善統電工・宮野「それはありがたいです。私が朝早く出ますから、9時30分から10時の間には行けるのですが、それから1時間ほど時間を割いて下さいますか？」

皐月電業・誠「はい、承知しました。お待ちします」

岩波電業・岩波「ちょっと待った。それって、俺も仲間に入れてくれないか？　どうだ？」

　横で聞いていた岩波が、その会話に参加してきた。

皐月電業・誠「そうですか。宮野さんがよろしければ、私は構いません」

善統電工・宮野「さっきの話の続きになるのですが、その内容でよろしければ、私も構いません」

皐月電業・誠「それならば、この3人の会社の中間地点の食事のできるところが良いですね。どこか心当たりはありませんか？　お昼の集合で食事をしながらが良いのではないでしょうか？」

善統電工・宮野「それでは、私が調べて、お二人に連絡致します。それで良ければ予約をしておきます」

　さすがに大手の営業課長だけあって、そういうことは慣れているよう

である。

　連絡のあった店に集合した。
　こうして昼食時間と休憩時間を利用してもらうと、誠にとっては都合
が良い。

善統電工・宮野「ここなら、話が他人に聞こえないと思ったものですか
　　　　　　　ら」

岩波電業・岩波「高速道路ですぐ着いたよ。よかったよ」

皐月電業・誠「おそらく、あの上席に座った連中が組んでいると思った
　　　　　　のですが、私たちはちょうど逆の下座に座って、別に事前打
　　　　　　ち合わせをしたわけでもないのに、同じような意見でした
　　　　　　ね。番狂わせのような感じで、あわてる姿がおかしかったで
　　　　　　す」

岩波電業・岩波「実は、俺は何も考えないで白紙の状態で出掛けたんだ
　　　　　　　が、行ってみて、あの出席者と座る配置を見て、面白くな
　　　　　　　かったんだよ。何であいつらが３名で、上座に座るんだよ。
　　　　　　　上座に座っていいとしても、他の２人は中央テーブルを離れ
　　　　　　　て、補助椅子とかに遠慮して座るべきだよ。俺はあの状況
　　　　　　　が、全く気に入らなかったんだよ。だから、敵に回すような
　　　　　　　立場になったんだよ。どうせ、うちは蘭水電工との関係は全
　　　　　　　くないから、気にすることもないんだがね」

皐月電業・誠「全く同感ですね。弊社は、花木市の件名で『相指名』に
　　　　　　なりますが、全く気にしていません。相手にしていません。
　　　　　　話もしません」

善統電工・宮野「お二人が、そう言っていただけるので、私もはっきり
　　　　　　　いいますが、私に限らず、支店業者のなかには、嫌う者がい
　　　　　　　るんですよ。だけど、海山営業所を構えている支店業者は子
　　　　　　　分のようなのが多いのですよ」

　こんな話から始まって、食事となった。

　肝心な話は避けて、親睦会となった。

善統電工・宮野「私からみると、お二人はかなり親しい間柄に見えるの
　　　　ですが、以前からですか？」

岩波電業・岩波「いや、そんなことはないですよ。以前に一回会ったこ
　　　　とがあって、今回が二度目です。お互いに武道をやっている
　　　　ので、気が合うというのかも知れませんね」

善統電工・宮野「なるほど。同じ趣味があると親しくなりますよね。こ
　　　　の前の会議のときに、剣道の先生という話でしたが、そうな
　　　　んですか」

岩波電業・岩波「いやいや、俺は先生といわれるほどの者ではないんだ
　　　　よ。ただ長いだけ」

皐月電業・誠「それは、私が勝手に言ったのですが、先生とは元々は尊
　　　　敬する人をいう言葉ですから、間違いはないですよ」

岩波電業・岩波「皐月さんが尊敬する人っていうと、それは素晴らしい
　　　　人なんですね」

皐月電業・誠「私は、将来に、日本で初めての武道評論家というのにな
　　　　ろうかと思っているのです。ですから、いろいろな武道や他
　　　　流派の武道も勉強しています。これは実兄の影響があるので
　　　　すが、実際に入門したりもしているのです。そうしている
　　　　と、自分の武道の自分の流派だけしか知らないのに、それが
　　　　世界一だといって譲らない人がいるのです。私からみると知
　　　　識不足の偏食人間にみえるのです。この岩波さんは、そうで
　　　　はなくて、他の武道について、聞こうという姿勢があるので
　　　　す。耳を傾けるのです。そこが私は気に入っているから、尊
　　　　敬に通じて、あの発言になったわけです」

善統電工・宮野「なるほど。その日本で初めての武道評論家というの

　　　　　は、どういうことですか」

皐月電業・誠「はい、武道家という方はいるのですが、その道の専門家
　　　　　なのです。あれこれの知識をもっていて、その評価をできる
　　　　　方は少ないのです。評論ですから、何段でなければできない
　　　　　という規定はないので、誰でもできるのです。早い話が私で
　　　　　も」

岩波電業・岩波「ねー、聞いていて面白いというのか、興味あることを
　　　　　言うんだよ。俺はそれが気に入っているんだよ。それから、
　　　　　いちおう俺はサムライだから、あんた方を裏切るようなこと
　　　　　はしないから、気楽に話をしてくれていいよ。聞いた話を他
　　　　　にも漏らしたりしないから」

善統電工・宮野「ありがとうございます。よろしくお願い致します。そ
　　　　　れで、さっき皐月さんが、将来に武道評論家って言ったので
　　　　　すが、将来って、いつのことなのですか？」

皐月電業・誠「実は私は、この『話し合い』という言葉でごまかしてい
　　　　　る、犯罪である『談合』を卒業したいのです。他人に話せな
　　　　　い業務って、スパイのような泥棒のような、どうも私には、
　　　　　いつも後ろめたさがつきまとわって、嫌なんです。いつか脱
　　　　　出したいと思っていますから、いつかという夢なんですよ」

岩波電業・岩波「そうなのか。でも、それにしても、皐月君の嫌がる
　　　　　『談合』だが、ずいぶんと力が入っていて、その熱意は素晴
　　　　　らしいものがあると見えるのだがねー」

善統電工・宮野「私も同感です。適材適所っていうのか、この世界には
　　　　　完全に適合していますよ。いつもよく頭を使っているのを誰
　　　　　もが認めますよ。そう、そして体力も」

　それぞれの趣味の話に花が咲いて、食事が終わった。
　食事が終わると肝心な話に入るのである。

皐月電業・誠「この件名を『窓口』を設定して行うべきかどうかですが、どのように考えていますか？」

善統電工・宮野「私の方の考えは、皆さん方とかなり異なると思います。詳しい事情は後日として、まずは民間工事として、自由競争をするつもりです。弊社１社だけでも実行するつもりですが、できれば、お二人のご協力をお願いしたいのです。これが本音なのです」

岩波電業・岩波「ああ、いいね。そうしてはっきり言ってもらえれば、こちらも本音が言える」

皐月電業・誠「この３社以外に、この意見に賛同する会社は他にあるのですか？」

善統電工・宮野「おそらくですが、井草電業さんは、私の意見に同調してくれると思うのですが、他はみんな蘭水電工の意見に賛同するのかと思います」

岩波電業・岩波「俺は、どこの会社との付き合いもないのでわからないのだが、皐月君の予想ではどうだね」

皐月電業・誠「私の親しい仲間内では、蘭水電工にくっついている会社の集団を“連合艦隊”というのですが、今回の『メンバー』のなかでは、それに加わっていないのは、日風電業だけだと思います。しかし、この日風電業を私が以前に脅かしましたから、その恨みで、私とは反対側へまわると思います」

岩波電業・岩波「なんだ、皐月君はひどいことをしているんだね」

誠が、あわてて、その時の経緯を説明した。

岩波電業・岩波「なんだ、この前の会議のときに、俺があの章桂電業にどなったのと同じようなものかな」

皐月電業・誠「いやいや、私の方がおとなしいですよ」

これで、３人は爆笑である。

そんな爆笑があっても、すぐに元の真剣な話に戻るのである。

善統電工・宮野「全数が12社で、私たちと井草電業を入れて4社ですね。相手方は8社ですね。完全に半数を超えているから、多数決では負けます。もしも『特殊事情』のように、全体の3分の2というと、8ですから、これでも負けです」

岩波電業・岩波「だけど、その多数決で決めなければならないものかな？　各自の自由ということにはならないのかな」

皐月電業・誠「そうなのですが、大多数が賛同しているのに、何ゆえに協力的でないのか、迫ってくると思います。その大多数にするために、おそらく岩波さんのところに、協力要請がくると思います」

岩波電業・岩波「俺に協力要請？」

皐月電業・誠「はい、きっと来ますよ。馬場の命令を受けた又木が、"同じ剣道仲間ですね"って言って近づいてくるはずです。必ず来ますよ。あるいは、青梅電業の摩崎かもしれませんが」

善統電工・宮野「そうですね。それは十分に考えられますね。同じ趣味ですから近づき易いし、うまくいけば、3人をバラバラにできるし、弊社と皐月電業さんだけが反対だとすれば攻めやすいということですよ」

岩波電業・岩波「金魚の糞みたいのが来たって、俺は動かないよ。大丈夫」

皐月電業・誠「動かないといえば、おそらく次回に座る位置は前回と同じだと思います。今までの統計をみても、そうなるはずです。これが、私たちが三角形のように座ると良かったのですがね」

※前作『秘密会議・談合入門』第23話参照

岩波電業・岩波「統計かー。よく調べているものだ。確かに親しい者が集まる。それは確かだな。嫌なやつの隣にはいきたくないも

　　　　んな」

皐月電業・誠「今回はちょうど川中島のように、席が分かれているので
　　　　　　　すよ。今度は離れて座りたいですね」

岩波電業・岩波「それも面白いなー」

善統電工・宮野「実は、この前の会議の後で、井草電業さんから電話を
　　　　　　　もらって、気が付いたのですが、『ルールブック』に記載さ
　　　　　　　れているというのですよ。そんな古い資料は持っていないの
　　　　　　　で、初めて知って、それで悩んでいるのですよ」

　『談合』の秘密組織で、昭和47年10月10日に制定された、『ルール』
（運営指針）は以下のように改訂された。

運　営　指　針

　われわれは、円満なる業界発展の中で、各自の企業と地域社会のたゆま
ない前進を強く希望するために、過当競争を出来る限り排除し、適正なる
市場価格を維持し、常に高度化、多様化に即応出来る技術の研究と資質の
向上を計ることを念願し、その基本的な運営方針を申し合わせたものであ
ります。

　　§1. われわれは、あくまで互譲の精神に則り共存共栄の目的を達成す
るために、必要な資料の提供、公開、意見交換等の研究会を適宜開催し、
その結果を別定洋式により報告しなければならない。
　　§2. 研究結果の報告をおこたり、または、遅滞したため、研究会の運
営に著しい支障をきたさぬよう十分なる注意をはらうはもちろん、既に決
定された事項については従わなければならない。
　　§3. 研究会においては、決められた事項については、いずれも各自の
自由の立場で討議された紳士協定である。
　　§4. 研究会の基本的な運営の方法に次の3方法がある。
　　回数制・点数制・貸借制
　　　（ただし、必要に応じてそれぞれに「ランク」を定める）
　　（1）回数制
　①各ランク新規の場合、累積回数がその時の指名回数も含め、別表1を
　　超えた場合は点数制に優先する。

業者数	5	6	7	8	9	10	11	12	13	14	15
優先回数	4	5	6	7	8	9	10	11	12	13	14

②受注実績のある場合、累積回数がその時の指名回数も含め別表２を超えた場合は点数制に優先する。

①②の場合は、その旨を早めに申し出ること。ただし、①②ともランク制のあるものは各ランク別とする。（別表２）

業者数	5	6	7	8	9	10	11	12	13	14	15
優先回数	6	7	8	9	10	11	12	13	14	15	16

③指名参加者中、同時に①、②の該当者がある場合には指名年月日の早い業者を優先する。

（②の該当者は落札後の指名年月日をさす）

④同一該当者が複数の場合は、累積点数の多いものを優先する。

（２）点数制

ランク制と無ランク制（別記参照）として累積点数の多いものを優先する。ただし、実績なき場合（新規）は各ランク共３回の待回数を経て行う。

（請負金額１万円１点とする。）

ランクの決定は、被指名者全員の協議による。

　　例 Ｅ・・・２百万円未満　　　回数制を主とする。

　　　　ただし、30万円以下は記帳しない。

　　　　Ｄ・・・２百万円以上～５百万円未満

　　　　Ｃ・・・５百円以上～１千万円未満

　　　　Ｂ・・・１千万円以上～２千万円未満

　　　　Ａ・・・２千万円以上～５千万円未満

　　　　特Ａ・・・５千万円以上～１億円未満

　　　　超工事・・１億円以上～

　　点数計算方法の例

　（例）落札金額1000万円として指名業者５社の場合

　　　　1000÷５社＝200・・・（＋）点

　　　　他の４社（＋）200点加算する。

　　　　200×５社＝1000・・・（－）点

　落札者（－）1000（＋）200 ＝（－）800 点とする。
　　　端数が出る場合は四捨五入し、小数点 1 位までとする。
　（3）貸借制
　　対象工事別の貸借実績により行う。
　§5. 同一箇所より同時に指名が二つ以上発注された場合には入札番号、
札時間の順序に従うものとする。
　　なお、当該番号のなきものは、現場説明時間に従うものとする。
　§6. 特殊事情（先行工事、関連工事、設計をやった発注者との特殊関
係等）により希望するときは、事前に了解を求め、その時の指名業者全員
が正当なる理由と認めた場合に限りよいこととする。
　§7. 入札者間にてジョイントした場合（入札者間にて承認を得たもの）
の実績配分について下記の通りとする。
　　決定額 1000 万円として、指名 5 社の場合で 300 万円ジョイントし
たとき。
　（1）点数制の場合の例
　　　スポンサー A　700 万円　パートナー B　300 万円
　　　700 － 200 ＝ 500（－）点　300 － 200 ＝ 100（－）
　　　1000 ÷ 5 ＝ 200（＋）点（指名点）
　　　A（スポンサー）－ 500　　　B（パートナー）－ 100
　　　C ＋ 200、D ＋ 200、E ＋ 200、
　（2）貸借制の場合は、相手方の実績としジョイントの比率を明記する。
　（3）回数制の場合は、その構成の数で除した回数とする
　§8. 本指針に記載なき対象工事については、新規発注さた時点より記
録する。
　§9. 地区別工事のルール及び記録
　　対象工事の内、地区別にて行うものについては原則的にて行うが、指
名業者の多い地区の口座に記録する。なお、指名業者同数の場合には、施
行場所等考慮して指名業者全員協議の上決定する。
　　ただし、本項の地区別とは付則（3）による。
　§10. 会費は対象工事別により下記の通りとする。
　　但し、1000 万円未満は切り下げとする。
　　付表 1 の工事　受注金額の　3 ／ 1000
　　付表 2 の工事　受注金額の　3 ／ 1000
　　（ただし、超工事については 1 ／ 1000 を関係団体へ還元する。）
　§11. 本指針は昭和 51 年 11 月 1 日より実施する。

付則
　（1）会員以外の業者が指名された場合は、事前に本指針の趣旨を説明し同調に努めること。
　　なお、実績があり、会員としてふさわしい業者は入会をすすめる。
　（2）民間工事の場合も、つとめて本会を利用し、その受注額の１／1000 を決定者は納入するものとする。
　（3）地区別は、東部・中部・西部の３地区と定める。
　（詳細は別図）
　（4）本指針の発効時の運営は、過去の実績に基づいて行うものとする。
　（5）本指針に定めなき事項は、協議の上決定する。

別記
協定する対象工事
　付表 1.　海山県庁（PTA 後援会、共済組合等を含む）、海山県特設本局、海山土木事務所及び各出先機関、海山県公道公社、海山県居住公社、
　付表 2.　国建省及び各出先機関、電産省及び各出先機関、郵輸省及び各出先機関、学文省及び各大学、健康省及び各病院、耕山省及び各出先機関、居住公団、財蓄省及び各関係機関、送配省及び各関係機関、武備省及び各関係機関、特売公社及び各工場、定判省及び各関係機関、農魚協同団体及び各団体、県内地方自治団体、その他公共団体、労働事業団等の各事業団、超工事、

皐月電業・誠「そうですね。付則のなかに、"民間工事の場合も、つとめて本会を利用し、その受注額の１／1000 を決定者は納入するものとする"とありますが、つとめてであって、必ずとか絶対的にとかではないと判断しています」

岩波電業・岩波「そうだったかなー、ぜんぜん覚えていない。そんなことが記載されていたなんて」

善統電工・宮野「私が、今現在は『AC 会』の東部地区の役員を引き受けていますので、自らこれを破棄するのは、ちょっとマズイということで、困っています」

　まだこのときは、誠が『AC 会』の中部地区の役員には就任していな

かった。その後に誠が役員になってから、数年後に宮野は役員を辞退した。

皐月電業・誠「わかりました。私が、そうならないように先鋒となります」

岩波電業・岩波「先鋒かー。なるほど。それなら、俺が次鋒でいくよ。その後で宮野さんが中堅で出てくれよ」

善統電工・宮野「なんですか？、その先鋒・次鋒・中堅って？」

岩波電業・岩波「ああ、これはねー、武道の大会で、団体戦のときに、5人一組で出場するのだが、試合をする順番で、初めに戦うのが先鋒、2番目が次鋒、3番目が中堅、4番目が副将、最後の5番目が大将という名称があるんだよ。こっちは3人だから、中堅で終わりだが、相手は大将までそろっているから、うちの方は、先鋒が二人に勝って、次の俺が二人に勝てば、宮野さんは一人に勝てば良い。そうすれば全勝だよ」

皐月電業・誠「私が、いきなり負けるかも知れませんが、何とか頑張りますよ」

岩波電業・岩波「なんか、ものすごく心強い話なんですが、何かいい方法でもあるのですか？」

皐月電業・誠「私はひとつ、みんなが忘れすぎた切り札があるのです。これを持ち出せば、誰もが困るはずなのです」

岩波電業・岩波「おぉー、何かものすごい技で気絶でもさせちゃうのか？」

皐月電業・誠「そんな馬鹿な。口撃ですよ、それも口の口撃ですよ。口頭による格闘術でないと、マズイですからね」

岩波電業・岩波「そうかー。でもな、内部で大げんかが始まったら、それで終わりじゃないのか、例えば、俺と皐月君が乱闘する。もうこれで、会議は中止となるかもよ」

皋月電業・誠「そうかー。それもいいですね。おもしろい。やります
　　　　　　　か―」

善統電工・宮野「ちょっと、待って下さいよー。今、口で戦うって言う
　　　　　　　から安心していたら、肉弾戦の話になって、それはマズイで
　　　　　　　すよ」

皋月電業・誠「でも、いいんじゃないですか。宮野さんは、何もしなけ
　　　　　　　ればいいんですよ。私と岩波さんが、訳がわからないような
　　　　　　　けんかを始めれば、それで会議はできませんよ」

岩波電業・岩波「そうするとだなー、俺と皋月君と同じ意見ではだめな
　　　　　　　んだよな。違う意見を出して、文句を言い合う。それがエス
　　　　　　　カレートしてどなり合って、大げんかのようにする。ストー
　　　　　　　リーはこれだな、あとはその意見だな」

皋月電業・誠「そういうことですよね。そうすれば、宮野さんが最後に
　　　　　　　仲裁に入って、こういうことならこの会議は中止しましょ
　　　　　　　う、と終わりを宣告して解散。これでどうですか」

善統電工・宮野「お二人とも、本気ですか？　さっき、確かサムライと
　　　　　　　か言っていませんでしたか」

岩波電業・岩波「いかにもサムライだけど、野武士だからな。誘われも
　　　　　　　しなかった蘭水電工の話に乗ることはないし、皋月君の一人
　　　　　　　でも対抗するっていうのに魅力がある。正直言って、皋月君
　　　　　　　のやりかたを見習いたい。そう思って、まずは助手からだ」

皋月電業・誠「そんなことしたら、世間から嫌われますよ。ただ、私は
　　　　　　　自分の感じるままにやっているだけですから。自分なりの主
　　　　　　　張というものを、制約のある限られた世界のなかで、自分の
　　　　　　　感じたままにやっているだけなのです」

岩波電業・岩波「そこだよ。誰かじゃないけれど、損得だけで従うとい
　　　　　　　うのは、俺は嫌だ。皋月君をみていて、今回でわかるけれ
　　　　　　　ど、損得でなくて、正義感的持論のようなものを感じる。ど

う見ても受注しようとしていないと感じるよ」

皐月電業・誠「そう思いましたか。この件名は、とにかく蘭水電工には『取らせない』。相手の希望通りにはさせませんよ。ただそれだけです。そんなのと付き合ってもいいのですか」

岩波電業・岩波「大丈夫だよ。自己主張に良いも悪いもない。全然気にしないよ。野武士らしくやってみる」

　真面目に話をしているのだが、ところどころに笑わせてくれるところがある。確かに豪快な野武士である。

善統電工・宮野「お二人とも、やめてくださいよ。本当に、そういう物騒な話はやめてくださいよ。お願いしますよ。困ったなー。本当に。だけど、けんかでなくても、意見がどこか違うというのは必要ですね。そろって同じことを言ったら、それは疑われますからね」

　二人の戦闘意欲が旺盛であることがありありと見えたので、宮野は焦った。必死で止めた。

皐月電業・誠「わかりました。では、まず最初に私に発言させてください。そして訳のわからない話から始めて、続けて悩ます話を持ち出します。その後を岩波さんが何か一発やってくれませんか、どうでしょうか」

岩波電業・岩波「そのストーリーでいいんだけれど、俺は何を言い出したらいいのかがわからない」

皐月電業・誠「まー、行き当たりばったりでも、相手が困ることは困るでしょうね。肝心なポイントは宮野さんに任せます。まずは私が先鋒であること。これでやってくださいね」

　相手方は、かなりの作戦を練ってくるはずなのだが、誠たちの作戦は幼稚なものである。

　誠は、本来は徒党を組むとか、陰謀だとか、策略だとかというものが

嫌いなのである。

　ただ、自分の意思を押し通すということしかできないのである。

　さて、うまくいくのかどうか？

6. 打ち合わせ会

蘭水電工からの指令を受けた章桂電業が各社に連絡をとった。

そして、またも集合となった。

会場は異なるのだが、同じようなテーブル配置である。

不思議に、全員が前回と同じように座った。

誠の予想は的中した。

誠は、作戦上、宮野とも岩波とも口をきかない。黙っていた。

そこに、日鉄電工の又木が岩波にあいさつに来た。

同じ剣道仲間であることを強調していた。

馬場の命令で、仲間に引き入れようととして、近づいたのである。

ペコペコする又木と違って、岩波は大先輩らしく、堂々としていた。

章桂電業・田沼「みなさん、ご苦労さまです。多数の方々なので、分散
　　　　　　　して連絡を取りました。前回と同じ方がおそろいですので、
　　　　　　　早速会議を始めたいと思います。よろしくお願い致します」

蘭水電工・木村「では、引き続き私の方から議事進行をして参ります。
　　　　　　　前回の続きですが、一つの『ルール』によって、『チャンピ
　　　　　　　オン』をつくろうと思います。まずそのご賛同をお願い致し
　　　　　　　ます」

桔梗電業・南武「その前に、ちょっと私から言わせてください。前回の
　　　　　　　時に、皐月さんとかが、いろいろとお話ししていただきまし
　　　　　　　たが、よく頭に置いて欲しいのですが、いいですか？　10
　　　　　　　を3で割ると、3.3333となります。これを元に戻そうとし
　　　　　　　て、3を掛けると、9.9999となります。元の10になりませ
　　　　　　　ん。一度割れたとか壊れたとかというものは、元に戻らない

のですから、この会合も、そういうことで、丁寧な扱いでお
願い致します」

　言われてみれば、確かにそのとおりで、9.9999 であって、元の 10 で
はない。

　一瞬、？？？となる。

　実は、この 9.99999 ＝ 1 であるということは数学的に証明されている
のである。

岩波電業・岩波「ちょっと、待ってくれないか。それは、皐月さんとか
がではなくて、俺に対して言っていると思うけれど、そうい
うのは " 覆水盆に返らず " っていうのだよ。それから、確か
にそういう計算になるけれど、考えてみてくれ。何で３で
割ったんですか。２なら元に戻るではないですか。何を言っ
ているんだ」

桔梗電業・南武「だから、元に戻れないという例を出したのですよ。一
番分かりやすいと思った例だったはずですが、それならこれ
を数学的に証明できますか？」

岩波電業・岩波「なんだね。あんたはクイズをしにここへ来たのかね？」

皐月電業・誠「ちょっと待ってください。いきなり引き続きというお話
ですが、引き続きということはできないと思います。いつも
『相指名』を受ける章桂電業さんからの連絡でしたので、参
上しましたが、解散式かと思って来たのですが、違うのです
か。さて、ただ今の答えを私から言いますから聞いて下さ
い。いいですか」

　誠が、椅子から立ち上がって丁寧に説明した。

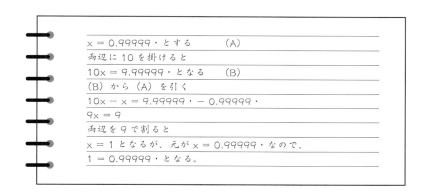

以上のように、説明をしたのである。

全員が真剣に聞いて、感心した。

桔梗電業・南武「さすがですねー。すごい」

岩波電業・岩波「何がさすがなんだね。自分で言っておいて、自分では
　　　　　　　答えもわからないで、よくもそういう話を持ち出したものだ
　　　　　　　よ」

ザワザワとした雰囲気になった。

勢いのある岩波の姿が存在感を増した。

蘭水電工・木村「まあまあ、えーと、これはですね、皆さん方にも各地
　　　　　　　区の役員さんから、連絡がいっているはずなのですが、51
　　　　　　　年11月1日より実施するとして改訂された、例の『ルール
　　　　　　　ブック』にですね、民間工事の場合も、つとめて本会を利用
　　　　　　　し、その受注額の1／1000を決定者は納入するものとする、
　　　　　　　と記載されておりますので、そこを尊重して行おうとするわ
　　　　　　　けでございます」

皐月電業・誠「そうすると、これは『談合』ということですね」

章桂電業・田沼「『談合』だなんて、やめてくださいよ。『話し合い』と

いう言葉があるじゃないですか。そういう他人が聞いたら、問題になるような表現・発言はやめてください」

皐月電業・誠「いいえ、確認のためだから、はっきりと意識的に言いました。では、何ゆえに蘭水電工さんだけが３人出席なのですか？　教えてください」

蘭水電工・木村「それは、重要な事項であれば、会社としてその関係者を投入するのは当然だからです」

皐月電業・誠「冗談じゃないですよ。１社１名が基本原則となっていますよ。御社だけが許されるということが変ですね」

蘭水電工・木村「何も変ではないですよ」

　仲間がいると、それだけで強気になる。まして上司の馬場が横にいるからである。

皐月電業・誠「そうですか。それでは、このカードを提示して下さい」

　誠がポケットからオレンジ色のプラスチックのカードを出した。

　縦 5cm ×横 8cm ×厚み 3mm のプラスチックには、会員ナンバーと会社名が彫り込まれていた。そしてその文字は白色で塗られていた。

```
NO.　　　B－0273
海山電技研協会会員之証
皐月電業（株）
```

蘭水電工・木村「何ですか・それは？」

皐月電業・誠「今、あなたが『ルール』尊重ということを言いましたが、ここが『談合』の席ならば、これを持って参加することになっています。これは各社１枚ずつの配布ですから、各社が代表を１名選別して、その者に持たせて、『談合』に行かせるという約束事の証明書ですよ。これを所持してこなかった者は参加できないはずです。これを皆さん所持してきましたよね。もしも所持していないなら、この『談合』は成立し

ません。はい、ご呈示をお願い致します」

章桂電業・田沼「皐月さん、いまどき、そんな物を持ってきている者は
　　　　　　いませんよ」

皐月電業・誠「冗談じゃない。この指示をしたのは田沼さん、あなたで
　　　　　　すよ。それ以降、これを撤回したことはないのです。すなわ
　　　　　　ち、その指示は残っているということです。あなたは役員で
　　　　　　しょう。しっかりしてくださいよ」

岩波電業・岩波「皐月さん、若いのに随分詳しいな。それは俺も憶えて
　　　　　　いるさ。だから、こうやって持っているぜ。今日も持ってき
　　　　　　た。このことだろう」

　先日の事前打ち合わせで、このカードの話をしてあるので、岩波は持
参してきたわけである。

　そうでもなければ、誰も所持してこない。

皐月電業・誠「他の方はいかがですか？　蘭水電工さんは３枚お持ちな
　　　　　　んですか？　まさか。１枚ですよね」

蘭水電工・木村「それは、持ってこなかったですが、１名にしろ、とい
　　　　　　うことなら、それは構わないですよ。そうしますよ」

　蘭水電工の３人が顔を見合わせて、馬場と北田が部屋を出て行った。
おそらく廊下でじっと中の様子を聞いているのである。

岩波電業・岩波「なんだ、みんな持っていないのかよー。俺はずーっと
　　　　　　持っているぞ。ということは、出席することのできない権利
　　　　　　のない者が集まっているということだな。それじゃーこの会
　　　　　　議は無駄な会議になるな」

皐月電業・誠「そのとおりだと思います。解散ですね」

岩波電業・岩波「そうだな。ところで、何だよ、皐月電業さんがＢで、
　　　　　　俺がＣなんだよ。どういうことなんだ？」

皐月電業・誠「これは、東部・中部・西部の地区分けですよ。それを
　　　　　　Ａ・Ｂ・Ｃとしたのですよ。じゃー所持しているのは、お宅

とうちだけなんですね。変ですねー」

そう言われても、誰も席を立とうとしない。

そのカードを提示しないで、日々を過ごしてきているから、逆に意味がわからないという感じである。

善統電工・宮野「実は、私も所持しておりませんので、正式な会合ではないということで結構ですが。せっかく集まりましたので、各社のご意見だけお聞きして、そしてそれを参考にして帰社したいと思います。よろしければ、もう少し話を進めてはいかがでしょうか」

岩波電業・岩波「それじゃーさー、皐月電業さんはその指示通りに実行しているというなら、さっきの説明の『ルール』に従うべきじゃーないのか」

皐月電業・誠「それは違いますよ。"つとめて"って書いてあるのですよ。こうしなさい。こうしなければいけない。なんていうことじゃないのですよ。だから、自由でいいじゃないでしょうか」

蘭水電工・木村「それでは、あのー、善統電工のお話を尊重致しまして、進めたいと思いますが、よろしいでしょうか」

岩波電業・岩波「あくまでも参考ということなら、俺も聞いておくよ」

蘭水電工・木村「では、今回の件名を、いつものような形で進めるかどうかということですが、賛同していただく方は挙手していただくということでいかがでしょうか」

岩波電業・岩波「ああ、いいね。はっきりと誰がどういう意見かということが分かりやすくていいよ。投票じゃわからないからね。それで、どういうことでその意見なんだというのも言ってもらいたい。それでいこう」

採決をするときに、ノートを破って作った投票用紙に、無記名で投票する場合と、挙手で表明する場合の2種類が用いられている。蘭水電工

側としては、挙手にすれば、多い意見につられて、そちらの方の意見に
まとまりやすいと判断していた。

　ところが、各自がその自己判断の根拠を説明しろということになる
と、存在感のある人物の前では、話し難いということがある。

　今回は、誠プラス岩波という、もしかしたら怒り出す・暴れる、と思
われる者がいるので、少し勇気がいるのである。

日鉄電工・又木「それは、意思表示の挙手だけでいいのではないです
　　　　　　　か」

岩波電業・岩波「なんだって、自分の決定した判断の根拠もなくて、手
　　　　　　　だけあげるのか。あんたもそうかい」

　うっかり発言すると、岩波に噛みつかれる。

　もう誠の出番はないような気がする。

善統電工・宮野「私の方も、参考意見を聞きたいということで、この会
　　　　　　　議の続行をお願い致しましたので、今の岩波電業さんのお話
　　　　　　　は賛同致します。挙手だけでは統計数字をみるようなもの
　　　　　　　で、参考には、ちょっと物足りないかと思う次第です」

皐月電業・誠「しかし、そこまでやらなくて、挙手だけでいいように思
　　　　　　　うのですが」

岩波電業・岩波「なんだって、それじゃー、今の善統電工さんの希望に
　　　　　　　も、俺の希望にもかなえられない内容になるのだが、俺が話
　　　　　　　した内容は変だと言うことかい、それとも簡略化がいいとい
　　　　　　　うのかい、どっちだね」

皐月電業・誠「いえいえ、話はもっともな話で、決して変だなんてこと
　　　　　　　はないのですが、みなさんが、自己判断の基準を話すのは言
　　　　　　　いにくい面があると思うのですが」

日風電業・日風「そうだよ。言いにくい会社もあると思うよ」

　ずーっと黙っていた日風が意見を言った。

ところが、待ってましたとばかりに、誠が始めた。

皐月電業・誠「うるさい。あんた黙っていろ。俺はこの人としっかり話
　　　　　をつけたいから邪魔するな」

岩波電業・岩波「それじゃーなにか、俺の意見じゃ気にくわないってい
　　　　　う風に取れるじゃないか」

皐月電業・誠「そうじゃなくて、言いにくい会社もあるでしょうから、
　　　　　それを自由にしたらいかがかと思うのですよ」

岩波電業・岩波「それじゃー、不公平になるじゃないか」

皐月電業・誠「そんなことはないですよ。自由と言うことですから」

岩波電業・岩波「そうしたときに、誰も意見を言わなかったときには、
　　　　　参考資料にならないじゃないか」

　約束通りのけんかである。

　声を荒らげて、どなり合うように言い合う。

　周りで見ている者たちは、口をはさむこともできない。

皐月電業・誠「どうしても、それが必要なんでしょうか」

岩波電業・岩波「必要だと思うから言っているんだ。面白くない。表に
　　　　　出ろ」

皐月電業・誠「ああ、いいですよ。出ましょう」

　二人が勢いをつけて部屋を出た。

　廊下には、蘭水電工の馬場と北田がいた。

岩波電業・岩波「お前ら、そこで何やってんだ、邪魔だ、どけ」

　蘭水電工の馬場と北田が、予想外の出来事にびっくり仰天である。

　善統電工の宮野があわてて追いかけてきた。

　誠と岩波の、前に蘭水電工の馬場と北田、後ろに善統電工の宮野。

　はさまれた状態で、これらの３人に制止させられた。

善統電工・宮野「待って下さいよ。やめて下さいよ。部屋に戻って下さ
　　　　　いよ」

蘭水電工・北田「落ち着いて、落ち着いて」

蘭水電工・馬場「まあまあ…」

　先を歩いた岩波が、蘭水電工の二人に、その後ろにいた誠も宮野に抱きつかれたようになった。

岩波電業・岩波「しょうがない。この決着はいずれ必ずやるからな」

皐月電業・誠「ああ、いいですよ。いつでもどうぞ」

　部屋に残っている９人は、まさかの出来事に顔を見合わせて、どうしたらいいのかもわからず、無言になった。

　あまりの迫力の演技に、宮野も驚いたようであるが、ここが出番と理解したようである。

　廊下にいた二人をそのままにして、いちおう元の席に戻った。

善統電工・宮野「みなさん、申し訳ありません。私の意見のために、騒がせてしまったような気がして、恐縮です」

岩波電業・岩波「なに言ってるんだよ。その意見は間違っていない。『議長』じゃなくて、『進行役』のあんた、そういうことで進めてくれよな」

　予想外の出来事で、誰もがどうしていいかの不安と心配があって、言葉が出ない。

　もし何か言ったら、その場で文句を付けられそうでもある。

　時間が止まったかのようであるが、岩波の発言で動いた。

　岩波の、あまりの迫力に、木村は言われたようにしたのである。

蘭水電工・木村「はい。ではそういうことで、皆さんのご意見を承りたいと思います。発表をお願い致します」

　まだ誰も発言をしようとしない。

　いや、発言が怖いのである。

蘭水電工・木村「では、時計回りでお願いします」

　木村から時計回り（右回り）となると章桂電業から始まるのである

が、もう２回もどなられているので、声が出ない。

　ようやく、つばを飲み込んで話はじめた。

章桂電業・田沼「では、弊社では、できる限りという文面がありますの
　　　　　　　で、それにのっとっていきたいと思います」

桔梗電業・南武「うちも全く一緒で、『話し合い』が必要だと思います」

海山電業・島木「うちも、これからのことも考えてそうした方がよいか
　　　　　　　と思います」

岩波電業・岩波「何でもかんでも『談合』ではなくて、各社の実力とい
　　　　　　　うものを発揮するチャンスだと思うので、各自の自由競争で
　　　　　　　いこうと思います」

皐月電業・誠「公共事業は税金から予算が出ますが、民間発注はその企
　　　　　　　業が予算を作り出して行われます。少しでも安くしたいと
　　　　　　　願っているのだと思います。ですから、『談合』をしないで、
　　　　　　　各自の意思で真剣な入札を行うべきだと思います」

善続電工・宮野「弊社の方は、提案者ですので、最後にさせてくださ
　　　　　　　い」

井草電業・井草「私も、これは民間企業からの発注と判断しています。
　　　　　　　だから、こういう会合は無駄なことだと思います。各自勝手
　　　　　　　にやっても問題はないと思います」

日風電業・日風「正直に言えば、みなさんのご意見のまとまった方に従
　　　　　　　うつもりでおります」

青梅電業・摩崎「弊社では、業者が一体となって仲良く行動をとること
　　　　　　　は必要だと考えますので、この件名も、そういう意味で『話
　　　　　　　し合い』を行いたいと思います」

佐起電工・並木「私の方も、青梅電業さんと全く同じ考えなのです」

日鉄電工・又木「私の方も、同じ考えでして、これを初めとして進めれ
　　　　　　　ば、今後の道も開けるのだと思います」

蘭水電工・木村「私は、いちおう『議長』ですので、最後に致します。

　　　　善統電工さんどうぞ」

善統電工・宮野「この件名は、弊社の本社の方で、懇意のある設計事務
　　　　所様からのご依頼で、『設計協力』をしております。しかし
　　　　ながら、『特殊事情』のなかで、設計事務所からの依頼は、
　　　　認められないことになっておりますので、この度は、その主
　　　　張を諦めております。しかしながら、本社において、かなり
　　　　の経費を費やしておりますので、"受注せよ"との指示がで
　　　　ております。よって、自由競争によって、是が非でも受注し
　　　　ようかと思います。深いご理解を賜りたいと存じます」

蘭水電工・木村「今、善統電工さんから、『設計協力』をしているとい
　　　　う話ですが、それは弊社も同じことでして、そのご協力を賜
　　　　りたいと思うのです」

善統電工・宮野「お言葉ですが、弊社が依頼された設計事務所のお手伝
　　　　いをしているときに、別館が追加されて、その設計事務所が
　　　　多忙のために、その別館を下請けの設計事務所に依頼しまし
　　　　た。その別館の方を、蘭水電工さんが関係かと想像はつきま
　　　　したが、今回の件名は、本館の方でありまして、明らかに弊
　　　　社が設計したものです」

蘭水電工・木村「そうではないです。弊社も本館の方の設計も関係して
　　　　います」

岩波電業・岩波「いい加減にしろよ。各社が『談合』するのかどうかと
　　　　いう意見を聞いているんだよ。善統電工さんは、『特殊事情』
　　　　にしたいけれど、『談合』をしないで自由競争で行きます。
　　　　という意見だよ。蘭水電工さんの『特殊事情』を聞いてはい
　　　　ないんだよ。どっちなんだ。それだけ言えばいいんだよ」

蘭水電工・木村「はい、すみません。弊社は『話し合い』によって解決
　　　　したいと思います」

岩波電業・岩波「ああそうかい。それじゃーさー、『談合』したいのが

8社で、しないというのが4社ということだよ。これで『談
　　　合』はしないということになった。これで閉会だな」

蘭水電工・木村「ですが、過半数の方が、『話し合い』をしようという
　　　のですから、そちらの意見を尊重すべきではないでしょう
　　　か」

岩波電業・岩波「なんだって。過半数だから決定だと言うのかね。それ
　　　じゃー少数意見は消すということだな。おもしろい。やって
　　　みろ。俺一人でも勝手な金額を提出するから、止めてみろ。
　　　できるか」

　またまた岩波の迫力のある意見で、誰も応答できない。

　どうしたらいいのかが思いつかない。

　沈黙が続く。

　『特殊事情』とは以下のように『運営指針』に記されており、昭和54
年9月に「全員」の文言が、2/3以上の承認を得る、となり、昭和57
年9月26日に正式文章となった。

『運営指針』一部抜粋

昭和51年11月1日制定

第六項　『特殊事情』
　特殊事情（先行工事、関連工事、設計をやった発注者との特殊関係等）
により希望する時は、事前に了解を求め、その時の指名業者全員が正当な
る理由と認めた場合に限りよい事とする。

『特殊事情の定義について』

昭和54年9月1日制定

1.　先行工事
　発注者又は之に準ずる方より正式に工事の施工又は主要機材の手配の指名を受け既に行っている場合に限る。
　（県知事、土木部長、監督者等からの具体的指示の場合。GC、設計事務所等は認めない）
2.　関連工事
　同一敷地内、同一引込内のもので前回の工事に施工者に極めて密接に関連ありと認めたもの、GC、設計事務所および下請の場合は認めない）
3.　設計
　発注者又は之に準ずる方より正式に設計・製図・積算・現場調査等の指名を受け、之を完全に実施した事を認めた場合（GC、設計事務所等は含まない）
4.　認定の限度
　認定は指名者全員が認めた場合を原則とするが、止むを得ず全員一致できない場合、議長は指名者（中立者を入れて）2/3以上の承認があれば良いものとする。

善統電工・宮野「私の方は、みなさんの参考意見を聞きたいということでして、ただいま承りましたのでお礼を申し上げます。ありがとうございました」

皐月電業・誠「ちょっと待って下さいよ。善統電工さんに、そういう事情があるならば、みなさん方にお願いして、『チャンピオン』になったらいかがですか」

善統電工・宮野「はい、ありがとうございます。しかし、ご賛同いただけるとは思いませんので、結構でございます」

岩波電業・岩波「なんだ、一番権利があると思われる善統電工さんが遠慮しているんだから、不思議だなー。そもそもこんなものは、強制できるものじゃーないんだから、これで終わりだ。おい皐月さん、さっきの勝負は連絡するから、待っていろよ。じゃー帰る」

岩波が、誠に勝負を挑んで、サッサと帰ってしまったのである。

善統電工・宮野「皐月電業さん、頼むからけんかなんかしないでくださ
　　　　　　　いよ。頼みますよ」
皐月電業・誠「大丈夫ですよ、あっという間だから。さて、私も帰りま
　　　　　　　す。お先に」
　誠も退出である。
　それならと、井草電業も善統電工も、退出となった。
　すなわち、『話し合い』を拒否した4社が帰ってしまったのである。

　廊下の外にいた、馬場と北田が部屋に入ってきた。
蘭水電工・馬場「何やってんだ。帰ったのがいるじゃないか」
蘭水電工・木村「ええ、帰っちゃったんですよ」
蘭水電工・馬場「馬鹿野郎。まとめるのがお前の仕事じゃないか」
海山電業・島木「こんな会議珍しいですね。前にも、皐月電業さんの暴
　　　　　　　れるのを見ましたが、今回もですよ。私の隣が岩波さんで
　　　　　　　しょう―怖かったですよ」
日鈇電工・又木「あの二人、本当に戦うのですかね」
青梅電業・摩崎「やると思いますよ。彼らなら」
日風電業・日風「以前に、私も皐月さんにどなられて、その迫力がもの
　　　　　　　すごかったんだけど、あの岩波さんもすごいねー、あれはけ
　　　　　　　んかじゃなくて、決闘になるね」
章桂電業・田沼「以前に、公園で戦ったとかも聞いているから、今度は
　　　　　　　ものすごい戦いかも知れませんね」
　本人たちがいないから、ああだこうだと話が出てくる。
　聞いた話、見た話、いくつかあって、話がつきない。

蘭水電工・馬場「みなさん、すみませんね。こうなったら、どうしよう

　もない、ということですが、それでも、何とかもう一度声を
　掛けるとか、やってみたいと思いますので、そのときはまた
　ご協力をお願いします」

青梅電業・摩崎「いや、もうこの件名の話は、終わりですよ。うっかり
　すると、こっちまで火の粉がかかってきてしまう。弊社はこ
　の次の会議があったとしても遠慮しますので」

海山電業・島木「正直言って、私も来ません。申し訳ないが、ああいう
　のがエスカレートしたら、新聞に載りますよ」

日風電業・日風「うちも遠慮します」

　結局、蘭水電工の“連合艦隊”は、崩れた。

　しかし、大手支店業者の２社と、章桂電業と桔梗電業は離れなかっ
た。

7. 食事会 II

　善統電工の宮野から電話連絡があって、また食事会となった。前回と同じ店で、宮野・岩波・誠の3人である。

善統電工・宮野「先日はご苦労さまでした。そして、ありがとうございました。お陰で、蘭水電工の陰謀は崩れたと思います」

岩波電業・岩波「おもしろかった。いいねー、意外とすっきりした」

善統電工・宮野「えー、あれがですか？　私の方は、ハラハラドキドキでしたよ。やり過ぎじゃーないかって思いましたよ」

岩波電業・岩波「いつも礼儀正しく、きちんとしろとかやっているから、あんな破壊的なことはしたことないけれど、あれだけの人間を黙らせてしまうとか、翻弄するというか、予定を狂わすとか、思いどおりにさせないとか、とにかくおもしろかった」

皐月電業・誠「映画俳優になっちゃったわけですね。それって、悪役ですよね」

岩波電業・岩波「まーしょうがないな、初めはそんな役からだよ。次は、二枚目の主役をやらせてもらいたい」

　3人が大笑いしながら、和やかに話をした。

岩波電業・岩波「真面目な話をすると、本当にためになった。皐月君の言うのが当たっていた。座る席なんか、本当にそうなるんだね。それから、はっきりとした資料のようなものを提示されると返答に困ること。知識を出して、小利口なところを見せること。大きな声を出すと相手が黙ること。いろいろと勉強になった。普段そういうことを考えもしないで、普通に出席

していたんだよ。皐月君はプロだね」

皐月電業・誠「この世界で、プロだなんていうのは恥ずかしいことなの
　　　　　ですが、初めのころに、諸先輩にもまれたので、知恵がつい
　　　　　たのですよ」

善統電工・宮野「私が、最初に皐月さんを気に入ったのは、理論がしっ
　　　　　かりしていることでした。曲がったことが嫌いというか、曲
　　　　　げないというのか、筋が通ったことだけを主張するところで
　　　　　した」

岩波電業・岩波「そこは俺も認める。それで、そういう考え方でも、
　　　　　弱々しいと、その意見を無視されてしまうのだが、身体を
　　　　　張ってまで前に押し出る、というのがいい。そのせいで、誰
　　　　　もが耳を傾ける。いや傾けさせるんだよ。俺は、あまりそう
　　　　　してこなかったけれど、今回の経験で、しっかり主張して文
　　　　　句を言わせないというところは必要だと感じた。そのために
　　　　　は、身体を張るというのも必要だと感じた。悪者扱いされて
　　　　　も、仕事だから仕方ない」

善統電工・宮野「それができる方は、それでいいのですが、私なんかは
　　　　　そういうものがないから、口だけなんですよ」

岩波電業・岩波「そうじゃないよ。立場がそういうことをさせないのだ
　　　　　よ。会社に苦情が来ないようにという配慮があるから、どこ
　　　　　か遠慮する面があるのだよ。皐月君は俺と同じで、会社への
　　　　　苦情を処理できる立場にいるから、そこを解決できるのだ
　　　　　よ」

皐月電業・誠「さっきの悪役じゃーないですけれど、悪役の方が楽なん
　　　　　ですよ。正当な話さえしていれば、それだけで自分の行きた
　　　　　い方向へ行けると思いますよ。よく見せようと思うと、相手
　　　　　とか周りばかりを気にして、自己主張がなくなって、言われ
　　　　　るままに流されてしまうのですよ。悪役最高ですね」

岩波電業・岩波「そうだな。そういうことだよな。よし、俺も二枚目の
　　　　　　　主役をあきらめて、悪役専門でいくよ」
　またまた爆笑である。

皐月電業・誠「それで、この件名はどうなるのですか？」
善統電工・宮野「実は、佐起電工の並木所長から連絡をもらったのです
　　　　　　　が、彼が言うのには、あの会議の後で、８社が残ったそうで、
　　　　　　　そこでの話で、あなた方お二人の話題がかなりあって、怖が
　　　　　　　るように帰ってしまったようです。残ったのが５社で、何と
　　　　　　　かしたいという話だったのですが、自分としては、見切りを
　　　　　　　つけて帰ったそうです。最後に残った４社がどういう結論に
　　　　　　　なったかまではわからない。ということのようです」
皐月電業・誠「じゃー、佐起電工は仲間から外れたということですね」
善統電工・宮野「彼の話では、同じ海山市に営業所を持っているので、
　　　　　　　付き合いもあって同調したけれど、子分でもないのだから逃
　　　　　　　げたかったそうです、"善統電工さんとけんかするつもりは
　　　　　　　ありません"という内輪話でした」
皐月電業・誠「なるほど。そうすると、あくまでも金魚の糞は、日鉄電
　　　　　　　工と章桂電業と桔梗電業ということですよ」
岩波電業・岩波「それは、以前に皐月君が話してくれたとおりというこ
　　　　　　　とだね」
皐月電業・誠「それで、宮野さんとしてみると、敵が次にどう出てくる
　　　　　　　と想像しているのですか」
岩波電業・岩波「それと、この先はどうするかだな」
善統電工・宮野「私が思うのには、金額面で壁をつくってくるのだと思
　　　　　　　います」
岩波電業・岩波「金額面の壁って、どういうこと？」
善統電工・宮野「それはですね、彼らで、こちらで出す金額を予想し

て、その金額よりも若干安い金額を提出するという作戦だと思えるのです。例えば、弊社が 100 としたときに、少し安い 99 とか、もしもの 90 を予想して 89 とかの『入札書』を提出するのです。大勢いるから、誰かが受注出来る可能性があります」

岩波電業・岩波「一割引き、二割引き、三割引きとかを想定して、4 種類の『入札書』ができるということだね。なるほど。その一番安いのを蘭水電工にするわけだね。だけど、そんなにダンピングしたような件名を受注しにくるものかなー、あの蘭水電工が」

善統電工・宮野「蘭水電工が、どこまで安値で受注希望かはわかりません。もしかすると、逆に蘭水電工は一番高い金額で受注しないで、仲間に取らせるとかも考えられるのです」

皐月電業・誠「嫌がらせのようなもので、自分が取らなくても、仲間にとらせるということもあるわけですね」

善統電工・宮野「先日に、ちょっと話しましたが、本館工事の後で、別館の工事が発注されるはずなのです。入り込むためには、何らかの方法で食い込んでくると思います」

岩波電業・岩波「そういうことならば、この件名を『1 円入札』にして、次を『随意契約』（通称・随契）に頼み込む、という方法もありうるな」

　『1 円入札』とは、金額を 1 円と記入して、とにかく落札受注する荒手である。

皐月電業・誠「いくら、例え話でも、まさか『1 円入札』はあり得ないでしょうが、かなりダンピングした金額は出せるという腹づもりはあるのですか？」

善統電工・宮野「本社の方では、取れ取れと言いますが、あまりに極端な金額での受注は無理ですね」

岩波電業・岩波「そうすると、蘭水電工の方も、同じだと思えるね。そうなると、相手がどこまで下げてくるかが問題となるわけだね」

皐月電業・誠「何も見積もりしていないので、およその金額もわかりませんが、1割といっても、かなり大きな金額なのでしょうね。しかし、宮野さんが、馬場のように事前工作をしないで、自由競争でも構わないという姿勢でいるのだから、何らかの自信に繋がるものがあるのではないのですか?」

善続電工・宮野「そこなんですよ。設計協力していますから、見積もりも手伝っていて、およその金額はつかんでいるのです。だから自信をもって入札に臨めると思っていました。ところが、現場説明会へ行ったら、なんと『制限価格』はありません、という発表だったので、今ごろになって焦っているのです」

岩波電業・岩波「そういう事情まであったのか。そうなると、蘭水電工だって同じことだよな。相手がどこまでダンピングしてくるかわからないから、金額の壁もつくれないのだと思うけれど」

皐月電業・誠「岩波さん、ちょっとお聞きしますが、岩波さんの親しい業者のなかに、蘭水電工と親しい業者はいますか?」

岩波電業・岩波「なんだね? それは?」

皐月電業・誠「私は、他業者に近づかないし、他業者も近づいてこないから、そういう仲間はいないのですが、もしも岩波さんに、そういう業者がいたら、うまい作戦があるのですよ」

岩波電業・岩波「そうかー、そういうことなら、それに合った会社をさがすけれど、その作戦ってどういうものだね」

皐月電業・誠「忍法ですよ。"用間の術"ですよ。岩波さんと戦うことになっていますから、戦うのです。それは殴り合うと事件になってしまうので、試合をしたことにするのです。岩波さん

が木刀で、私が六尺棒としましょう。お互いに戦ったけれど、決着がつかなかった。仕方ないので仲直りで一杯やった、そこで聞いたら、善統電工の金額はいくらだとわかった。とかいうような偽情報を流すのです。当然相手が蘭水電工にそれを漏らすというのを読んでですが、どうでしょうか？」

岩波電業・岩波「おぉー、それって、いいねー。俺たちのことを、きっと、"どうなった・どうなった"と騒いでいるはずだから、試合をしたことにすればいいんだ。殴り合いじゃー警察沙汰にされちゃうけれど、試合となれば、それは別になるものな。それで、互角で勝負がつかない、仕方ないから、仲直りをした、そのときにチラッと聞いた話が、ある金額なんだと、それを聞いた奴が、蘭水電工へ話を流す、そこでその金額を信じて、それより安い金額を入れる。どっこい、こちらはさらに安い金額をいれる。というわけだな」

皐月電業・誠「こういう方法は、昔の武将も使ったわけですから、サムライの岩波さんにぴったりではないでしょうか」

善統電工・宮野「皐月さん、すごいことを考えますねー。聞いているだけでビックリしますよ。今聞いていて、いいなーと思ったのは、仲直りですよ。とにかくそれがないと、どこかで『合メンバー』になったときも、他人の目を気にして、嘘でもけんか腰でいなければならないですが、そういう結果を流しておけば、後が楽になりますよ。そして試合という形式がいいですね。まず、そこだけは、お互いに、その情報は流しましょうよ」

岩波電業・岩波「それにさー、お互いにメンツがたつよな。本当にいい考えだ。皐月道場で試合したことにしよう。ちょうど前にやったから良かったなー。あれが役立つじゃないか。早速実

　　　　行させてもらうよ。さて、次にその金額情報だけど、うまく
　　　　伝わるかな？」

善続電工・宮野「えぇー、お二人はもう試合をしていたのですかー」
　　　そうではないことを、説明した。
　　　宮野がかなり驚いていたが、事情がわかって、ほっとした。

岩波電業・岩波「まー、一番いいのは、今回『メンバー』にその話が直
　　　　接届けばいいのだが、親しくないしなー」

皐月電業・誠「そうだー。又木がいるじゃないですか。あいつを利用し
　　　　て下さい」

岩波電業・岩波「あの日鉄電工の又木のことかな。なんで？　どうし
　　　　て？」

皐月電業・誠「又木が、剣道仲間とかいって、岩波さんにすり寄って来
　　　　たじゃないですか。ですから、"心配掛けて悪かったな、剣
　　　　道と棒術で試合をすることになった。そういう経験があった
　　　　ら、どういう対応がいいのか教えてくれ"って連絡します。
　　　　答えはなくてもいいのです。そうすれば、その後で、その結
　　　　果を聞きに来るはずです。そこでガセネタを流せば、不自然
　　　　ではないと思います」

岩波電業・岩波「そうだよな。勝ったなら、自慢げに電話してもいいけ
　　　　れど、互角で勝負が着かない訳だから、そこで全部しゃべっ
　　　　たら、不自然だものな。又木の方から声を掛けたいけれど、
　　　　掛けにくい、そこへ相手から掛かってきた、さらに話をする
　　　　チャンスがきた、ということで、飛びついてくるかもな。こ
　　　　りゃーおもしろい」

善続電工・宮野「本気で、そうやるのですか？　しかし皐月さんは、あ
　　　　れこれ考えつきますねー、敵に回したら、ひどい目にあいそ
　　　　うで、怖いですよ」

岩波電業・岩波「そうだなー、武道家だけでなくて、軍師もできる、い
　　　　　いねー。俺は今回は見習いだけど、立派な悪役をやるから、
　　　　　見ててくれよ」

　いかついわりには面白いのが岩波である。
　なにかと笑わせてくれる。豪傑の部類である。

　岩波が、ちょっと、と言って席を離れた。
　しばらくして戻ってきた。

岩波電業・岩波「今、電話してきたよ。"どこでいつって"言うから、
　　　　　"今夜あるところで行う"と言っておいた。"そういう経験
　　　　　はないし、友人にもそういう経験者はいないのでわからな
　　　　　い"と言っていた。だから"自分なりにやってみる"と言っ
　　　　　ておいた。絶対に明日には、電話が来ると思う」

　なんと、早速にも、もらった名刺を見て電話を掛けていた。
　もう、うれしそうで、楽しそうで、喜んでいるようにも見えた。

皐月電業・誠「ようーし。戦いは始まりました。さて、その金額はいく
　　　　　らと答えたらいいのでしょうか、宮野さん」

善統電工・宮野「驚きました。その行動力の早さと、実行性。私の方が
　　　　　ついていくのがやっとですよ。では、偽情報の金額は、帰社
　　　　　してから連絡します」

　まるで、"大人の戦争ごっこ"が始まったようである。
　岩波も誠も、楽しんでいるかのようである。

8. 試合結果

　誠が帰社して間もなく青梅電業の摩崎からの電話が鳴った。

　「皐月さん、摩崎です。ちょっと気になって電話させてもらったんだけど、岩波とけんかしたけど、本当に勝負するのですか？　というのは、田沼さんも南武さんも気にしているのですよ。まさかですよね。本気じゃないですよね」

　「いいえ、本気ですよ。挑戦された以上は、受けて立ちますよ。仲裁が入ったり、警察が来たりでは困るので、試合をすることになりましたが、日時場所はそういうことで言えませんが、絶対に戦います」

　「そんなことをしなくてもいいと思いますよ。"蘭水電工の馬場さんが仲介に入ってもいい"って言っているのですよ。そうしてもらったらどうですか。その方がいいでしょ」

　「だめですよ。あんなのが来たって、役に立ちませんよ。いいですか、仲裁役っていうのは、その相手より格上でないと勤まりませんよ。だって、相手の二人が頭にきて、仲裁役をたたきのめすっていうのはあり得ることですから、大丈夫ですよ、相手は木刀で、私は棒での試合ですから、私は棒には自信がありますから大丈夫ですよ。ご心配ありがとうございます。その内に結果を報告しますよ」

　敵の"連合艦隊"は、ここで恩を売る作戦を開始した。

　又木からの情報が蘭水電工に入り、蘭水電工から子分たちに連絡がいったというわけである。

　摩崎が聞いた誠の情報と、又木が岩波からの情報が同じだったために、本当に試合が行われるということを信じたようである。

*

　翌日になって、日鉄電工の又木が岩波電業の岩波に電話を掛けた。

「岩波さん、もう試合はやったのでしょうか？」

「ああ、昨日終わったよ。棒術っていうのは上から下から右から左からと打ちと突きがあって、疲れたぞ。特にあの下段攻撃は剣道では受けが慣れていないから困った」

「それで、防具なんかはどうしたのですか？」

「俺が、防具は？って言ったら、あいつが“自分はいらない”って言うのさ、あいつがいらないっていうのに俺だけ防具を着けたら悔しいから、“俺もいらない”って言ったのだが。考えてみれば、けんかしに行って、防具なんて言っていられないだろう。だから木刀と六尺棒だけだよ」

「それで、けがはしなかったのですか？　勝負はどうなったのですか。勝ったのですよね」

「あんたは、『波飛沫』（なみしぶき）っていう技を知っている？　まずそれに参ったよ。剣道でもそれに近いことはやっているんだが、棒は長いし滑るから、そのまま顔面を突かれるのさ。俺も柳生流を知っているから、なんとかさばいたけれど、かなり手こずったぞ」

　※武集館道場ホームページの動画参照　棒術『波飛沫』

「それで、勝ったのですか？」

　又木自身も剣道経験者なので、興味津々に聞いた。

　その結果をすぐにも聞きたいのだが、岩波は、本当に戦ったということを強調するために、結果よりも戦い方を説明していた。

　過日に誠との稽古があったから、思い出しながら丁寧に説明ができた。

「なんとか、受けたり打ったりとやっていたのだが、息が切れてきた。そうしたら、相手の方が試合中に“勝負が着かないから、このへんでやめましょう”って言ってきたんだよ。正直言って、こっちもその方が助

かるので、承諾して終わった。引き分けだ」

「じゃー、相手の方が、岩波さんにかなわないので、"やめましょう"と言ったのでしょうね」

「そうじゃないよ。相手が、こっちの息切れを察して、やめてくれたようなものさ。あいつ案外といいところあるよ。あのまま続けていたら、こっちがダウンしたと思う」

「そうだったのですか。それで終わったのですか？　それともまだ続けて後日、とかっていうのもあるのですか？」

「もう終わりだよ。仲直りしたよ。正直言って、負けたようなものだから、今回の件名については、"お前の意見を聞いてやる"って言ったら『短冊』をくれたよ。その金額で入札するつもりだ」

「えっ、もう『短冊』をもらったのですか？　皐月電業の『短冊』ですか？」

「違うよ。善統電工からもらったものだよ。だから、皐月電業は、善統電工に『協力する』っていうことだよな」

「それじゃー、岩波さんもその『短冊』どおりにするっていうことですか？」

「この前の会議でも『特殊事情』じゃないけれど、それらしいことも言っていたから、『協力』してやろうかと思っているよ。お宅もそうしてやってくれ」

「ええ、いいですけれど、じゃー善統電工の金額はいくらなのですか？」

「本当に『協力』するっていうのなら言ってもいいけれど、そうでなければ、ちょっと言えないな」

「私の方も、蘭水電工も善統電工も同じようなことを言っているので、受注意欲が消えているのです。それじゃー武道仲間ということで、岩波さんに従いますよ。金額を教えてください」

「実は俺も受注意欲っていうのが薄れているんだよ。それじゃー俺が

入れる金額が、9千2百万なんだよ、参考にいうなら皐月電業が9千百万円だよ。だからこの近辺の金額で『入札書』を提出すれば、善統電工が落札なんだろうな」

「わかりました。9千150万円くらいに書きますよ。それで、善統電工はいくらで『札』を入れるのでしょうね？」

「なんでも、予算から15％くらい切って入れるそうだよ。だから9千万円じゃーないのかなー、そこまでは聞いていないんだよ」

「そうですか。それにしても、おけがもなくて良かったですよ。でも、そんなに強いのですか？」

「いや、強いというよりも、俺は剣道だけで、武器の異なる武道との異種試合をしていないから、それで戸惑うことと、変幻自在な技と熟練した自由自在に操る技が、手こずった理由だよ。それに年齢差があるからなー、これは言い訳だが、でも強いよ。こんど、あんたも立ち会うといいよ。勉強になるよ」

ごつい岩波にしては、見事な役者ぶりである。

間違いなく悪役スターになれそうである。

＊

同じく、誠の方にも、青梅電業の摩崎から電話があった。

「皐月さん、試合はやったのですか？　どこでいつですか？　それでどうなったのですか？」

「いやいや、どこでいつっていうのは、後々の証拠になるとマズイので言いにくいですが、試合としては、引き分けです。さすがに剣道は打ち込みが鋭くて速い、疲れましたよ」

「どうして引き分けなのですか？」

「相手が直線的に攻撃してくるから、受けるのに左右に身体を動かすのですが、その回数が多くて、いささか疲れたので、"もうやめましょう"って言って、やめてもらいました。さすがに強いですね」

摩崎も剣道経験者である。だからこの試合のことには興味があった。

「それで、岩波さんがやめてくれたのですか？　それでどうしたんですか？」

「根がいい人なんでしょうね。若造が試合中に言ってきたから、これ以上やるとかわいそうだと思ってくれたのだと思いますよ。助かりましたよ。終わったら仲直りっていうか敵味方じゃーなくなりましたよ」

「仲直りですか。手打ち式でもやったのですか？　一杯飲むとか」

「いいえ、お互いに車があるから、酒は飲めないですが、雑談ですよ。"若いのに感心だ"って言って、この件名はあんたに『協力』するって言ってくれたので『短冊』を渡して頼みました」

「『短冊』って、もう作った？　皐月さんがこの件名を『取る』つもりなんですか？」

「いえいえ、私はその意欲はあまりないですよ。『特殊事情』として善統電工を認めるつもりでいるので、善統電工に『協力』するっていう話をしたら、善統電工がくれたのですよ」

「どのくらいの金額なんですか？」

「それは言えませんが、善統電工が参考見積もりを提出しているのに、それよりも極端に安い金額を出すわけにもいかないということでした。信用がなくなりますからね」

「そうですか。それで皐月さんは、そういう試合をいつもやっているのですか？」

「棒術の場合は、相手の武器が異なることを想定しての稽古はしていますから、慣れてはいますよ」

岩波と打ち合わせ内容に合わせて、忠実に演技したのである。

＊

相手は、探りを入れての電話であるが、目的をごまかすために、他の話を多くして、そちらの話が目的のように思わせる話し方は共通していた。

そして、この又木と摩崎の情報が、蘭水電工へ持ち込まれたのであ

る。

　どちらの情報も同じ話であるので、信憑性がある。

　納得しやすい内容でもある。

　これによって、蘭水電工の『入札書』に書き入れる金額が決定された。

　そして、仲間の"連合艦隊"には『短冊』を渡した。

　ただし、又木だけは岩波との約束の金額でなければならないのである。

9. 談合疑惑

　発注先からの電話連絡があった。

　営業責任者か代表者に対しての直接連絡である。

　指定した日にちの指定した時間に必ず「小会議室」へ直接来るようにとのことである。

　誠は、何の用件だろうと想像したが、わからない。

　もしかして、別館の工事が発注されたのかもしれない。

　そんなのんきな気分で出掛けた。

　小会議室へ入ると、長方形のテーブル一辺に５人が座っていた。

　その正面に座れとという案内である。

　面接試験のような感じなのである。

　その中の１人だけが代表で話をする。

　ちょうど、一対一という格好である。

調査担当者「ご苦労さまです。本日お呼びだてしましたのは、他でもあ
　　　　　りません。実は当方に情報が入っております。それは今回の
　　　　　件名において、『談合』が行われて、その中で、お宅がけん
　　　　　かして、そして決闘までしたということです。今日は、その
　　　　　ことについて、詳しい説明をしていただこうと思いまして、
　　　　　お呼びしました。当然、他の方々もお呼びしております」

　気楽に出掛けたはずが、びっくりである。

皐月電業・誠「お聞きしてもよろしいでしょうか？　その情報というの
　　　　　は誰が持ってきたものなのですか？」

調査担当者「それは、投書がありました。『談合』をしたのですか？

まずそこをお聞きします」

皐月電業・誠「いいえ。そういうことは行っておりません」

調査担当者「こちらに入っている情報では、受注予定者はＺ社となっていますが、心当たりはありませんか？」

皐月電業・誠「Ｚ社といいますと善統電工さんしか浮かびませんが、そう決まっているのですか？」

調査担当者「いいえ、こちらがお聞きしているのです」

皐月電業・誠「どこの会社がどうのこうのという話は聞いていません」

調査担当者「では、けんかはどうですか？」

皐月電業・誠「同業者といっても早い話が商売敵にもなりますので、深い付き合いもないし、そうかといってけんかするなんていうことはありません」

調査担当者「では、決闘という話はどうなんですか？」

皐月電業・誠「決闘ですか？　いまどきそんなことをする人がいるのでしょうか？」

調査担当者「しかし、そういう情報があるということは、なんらかのトラブルがあったのではないのですか？」

皐月電業・誠「それでは、その相手というのはどなたなのですか？」

調査担当者「それでは、言いましょう。岩波電業さんです」

皐月電業・誠「いいえ、私は同じ武道愛好家として、尊敬する方だと思っていますから、トラブルはなかったと思っています。岩波さんがどう思うかは、私にはわかりませんが」

調査担当者「あなたは、空手をやっているのだそうですね」

皐月電業・誠「はい、いささかやってはいますが、空手をやっているからってけんかだの決闘だのと、そういうことは身に覚えがありません」

調査担当者「変ですねー。かなり信憑性のある話のはずなのですが」

皐月電業・誠「そうなのですか。そうしますと、決闘となれば、岩波さ

んは剣道家ですから、刀とか木刀とかを持って戦ったということですか？」

調査担当者「それは、どういう武器を使ったのか、使わなかったのかはわかりません」

皐月電業・誠「決闘ということであれば、絶対的に有利な武器を持ってくるように思うのですが、その場合に、こんな小さな私が岩波さんに勝てるのでしょうか？　おそらく骨を折るとか、あざができるとかになるのでしょうね」

調査担当者「でも、あなたは空手をやっているのですから」

皐月電業・誠「そうですか。では岩波さんの身体も調べていただきたいと思います」

　誠は、そう言いながら、上着を脱ぎ、ポロシャツの襟のボタンを外して、下着とともにポロシャツを脱いだ。

　上半身が裸である。

　椅子から立って、クルリとゆっくり回転して身体を見せた。

　あわてたのは上座の５人である。

皐月電業・誠「どうでしょうか？　あざとか傷とかありますか？　もしもご不審ならばズボンも脱ぎますが」

調査担当者「いいえ…結構です、結構です」

皐月電業・誠「よく見ていただきたいと思います」

調査担当者「わかりました、どうぞ、服を着て下さい」

　誠が服を着て、元の格好に戻った。

調査担当者「当方としましてはですね。各社にこのようにお聞きしております。あと１時間ほど大会議室の方でお待ちしていただきたいのですが、よろしいでしょうか」

皐月電業・誠「はい、承知しました」

　誠は指示に従って部屋を出て、大会議室へ移動した。

　誰もいない大会議室で、時代劇小説を読みながら、ただ待っていた。

　この後に、誠と同じように岩波電業の岩波が小会議室に入ったのである。

　岩波が指定された時間は、誠より 30 分後である。

調査担当者「ご苦労さまです。本日お呼びだてしましたのは、他でもありません。実は当方に情報が入っております。それは今回の件名において、『談合』が行われて、その中で、お宅がけんかして、そして決闘までしたということです。今日は、そのことについて、詳しい説明をしていただこうと思いまして、お呼びしました。当然他の方々もお呼びしております」

　誠と同じように気楽に出掛けたはずが、びっくりである。

岩波電業・岩波「そのけんかとか決闘とかっていうのは、俺が誰としたというのですか？」

調査担当者「何か心当たりがありますか？」

岩波電業・岩波「ないけれど、俺と勝負するって、そんな奴がいるかなー、この業界に」

調査担当者「じゃー、身に覚えがないというのですね。」

岩波電業・岩波「あるというなら、その挑戦者の顔が見たいけれど」

調査担当者「実は、この前に、皐月電業さんにも同じ質問をしております」

岩波電業・岩波「ああ、そうですか。で、皐月電業は何と言ったのですか？」

調査担当者「ええ、この際だから正直に言いますと、彼は裸になりまして傷とかあざを確認して欲しいって言いました」

岩波電業・岩波「そんなことをしたのですか。馬鹿だなー、そこまでしなくても、頭だとか顔とか歯とか見るだけでわかるじゃないですか。そう思いませんか」

調査担当者「まー、言われれば、そうですが。で、『談合』ですが、どうなっていますか」

岩波電業・岩波「どうなって、と言われても、そういうことはやっていないけれど、いったい誰がそういうことを言うのですか？」

調査担当者「それは、投書が届いていますが、その方のお名前は、お答えできません」

岩波電業・岩波「どこの誰だかわからない者が言ったことを信じて、身に覚えのない者が調べられるって、おかしくないですか？」

調査担当者「ですから、事情を調べるために、皆さんにお聞きしています」

岩波電業・岩波「その情報は、『談合』したということと、けんかということなのですか？」

調査担当者「そういうことです」

岩波電業・岩波「それじゃー、誰が受注するっていうことを知っているということですか？」

調査担当者「Ｚ社ということです」

岩波電業・岩波「Ｚ社っていうと、この指名を受けたなかでは、善統電工さんが該当しますよねー、蘭水電工さんじゃーないのですか」

調査担当者「えっ！　蘭水電工さんですか？」

岩波電業・岩波「俺は、この件名は蘭水電工が一番欲しがっていると思ったんだけど、善統電工さんだったのですか？」

調査担当者「ということは、蘭水電工さんに決まったのですか？」

岩波電業・岩波「えぇー、そう思っただけですよ」

　岩波はとぼけようとしているのだが、事前打ち合わせのないことには苦手のようである。

調査担当者「では、『談合』はしていないと、言い切れるのですか？」

岩波電業・岩波「もちろん。そういうことはないですよ」

調査担当者「当方としましては各社にこのようにお聞きしております。この後、40分ほど大会議室の方でお待ちしていただきたいのですが、よろしいでしょうか」

岩波電業・岩波「わかりました。では失礼します」

　岩波も指示に従って部屋を出て、大会議室へ移動した。

　大会議室で、誠がひとりいた。時代劇小説を読んでいた。

皐月電業・誠「あれ、岩波さん、こんにちは」

岩波電業・岩波「おぉー、皐月君も来ていたのか」

皐月電業・誠「まさか、『談合』とか決闘とかって聞かれました？」

岩波電業・岩波「そうだよ、皐月君もかね？」

皐月電業・誠「1時間ほど待っているように言われたのです」

岩波電業・岩波「俺は、40分くらい待っていてくれって言われたよ」

皐月電業・誠「ということは、この後は善統電工さんですかね？」

岩波電業・岩波「そうだな。1社30分ずつに分けて、呼び出しているのかな？」

皐月電業・誠「時間を厳しく言われたのですが、お互いが顔を合わせないようにするためだったのでしょうか？」

岩波電業・岩波「俺も"時間ピッタリに"って言われた。話は15分くらいしたかもしれないけれど、約40分待っていろということは、この40分で善統電工さんからの事情聴取をして、後数社かな、それとも、この3社だけに聞くっていうことなのかな？」

皐月電業・誠「30分ずつに時間を区切って、正味は15分から20分かかるとして、後は彼らが相談しながら次の業者を待つ、ということでしょうか？」

岩波電業・岩波「まさか、この部屋に盗聴器なんか仕掛けてあって、なんてことはないかな」

皐月電業・誠「あるかもしれませんね。しばらくおとなしくしていますよ」

　この後に、善統電工が３番目の業者として招集されていた。
　誠と岩波と同じように善統電工の宮野が小会議室に入ったのである。
　宮野が指定された時間は、岩波より30分後である。

調査担当者「ご苦労さまです。本日お呼びだてしましたのは、他でもありません。実は当方に情報が入っております。それは今回の件名において、『談合』が行われて、その中で、御社が受注するということが決められたということです。今日は、そのことについて、詳しい説明をしていただこうと思いまして、お呼びしました。当然、他の方々もお呼びしております」

善統電工・宮野「早速ですが、弊社が『談合』をしたということでしょうか？　どなたがそんなでたらめを話したのでしょうか？　どなたですか？」

調査担当者「それは申し上げられませんが、投書として届いております。Ｚ社という会社が受注することが決められたそうです。私どもが指名した業者で、Ｚとつく会社ですと、御社が浮かぶのですが、ちなみに他社に聞いたところ、各社がＺ社といったら、御社の名前を言いました。誰もがそう思うということです。それでその事実を認めますか」

善統電工・宮野「とんでもございません。では、いつどこで、誰と誰が集まって、そういう決め事をしたというのでしょうか？」

調査担当者「その『談合』のなかで、けんかがあって決闘をしたとかという話もあるのです。それについてはいかがですか？」

善統電工・宮野「けんか？　決闘？　そんなことがあったのですか？　それは誰がやったのですか？　聞いたこともないし、見たこ

ともありませんよ」

調査担当者「そうですか、かなり信憑性のある話なのですが、否定しますか」

善統電工・宮野「それでは、その当事者が認めるとか、見た人がいるとかということですか?」

調査担当者「えぇー、まー」

善統電工・宮野「考えられませんね。その事実自体が信じられないことですよ。まして見た人がいるなんて。けんかでも決闘でもすれば、けがをするでしょうし、そうしたら犯罪ですよね、それを自分の口から言うでしょうか? それはその情報提供者のガセネタですよ。指名を受けなかった業者ですか? それとも今回指名を受けた業者のなかにいるのですか? 直接話をさせていただけないでしょうか」

調査担当者「そうですか。まーそういう投書が届いていまして、当方としましても、これをそのままほってはいられないので、こうして、いちおう念のためのことをさせていただいているということです。では、この後は、大会議室でお待ち願いたいと思います。本日はありがとうございました」

　きちんとしたネクタイ背広姿の紳士には、それなりの紳士的対応をするようである。

　宮野には、およその予想があったのだろうか、平然としていた。誠や岩波が、そんな馬鹿げた話はしないという自信があった。

　宮野が、大会議室に入ってきた。

皐月電業・誠「やっぱり、お宅もですか」

岩波電業・岩波「ここに盗聴器があるといけないので、後日に」

　招集された3社がそろったところに、少しずつ業者が入ってきた。

海山電業・島木「早いですねー。"時間ピッタリに入ってください"と

言われたから、外で待っていたんですよ」

　どうやら、3社だけが事前に招集されていて、他の『メンバー』はなかったようである。

　こうして、業者同士が顔を合わせないように、細かい時間設定をしていたのであるが、誠・岩波・宮野以外は、同じ時間であった。

　上座に当局の5人が座った。

　そして説明が始まった。

調査担当者「お忙しいところをお集まりしていただきまして、ありがとうございます。実は、当方に投書が届きました。内容は今回の当方が発注しました件名につきまして、『談合』が行われたということです。差出人が無記名ですので、今回の指名業者なのか、または部外者なのかさえわかりません。本来は無記名の場合は取り上げないのが建前ですが、念のために一部の方にはお話を伺いました。ご協力をいただきまして誠にありがとうございました。証拠の確認もないのですが、当方と致しましては、念のために、各社に『誓約書』の提出をお願い致します。これは入札当日に『入札書』と同時に提出をお願い致します。なお、この度の入札では、当方で作りました『設計内訳書』に、全ての金額を入れていただいた『工事費内訳見積書』を同時に提出していただきます。その『工事費内訳見積書』と『入札書』の金額を同じにしてください。そして『工事費内訳見積書』の合計金額から値引きしたという総合計金額は認めません。くれぐれも合計金額から値引きのない『工事費内訳見積書』であることをお忘れなく。本日はご苦労さまでした」

　礼儀正しく、丁寧な説明とあいさつである。さらに続いた。

調査担当者「本来ならば、こういうことがあった場合は、指名業者を変

更とか追加とかするということもあるのですが、今回はそれ
は致しません。しかし、若干の設計変更を致しますので、そ
の設計図書が届き次第に再度の見積もりをお願い致します。
よって入札日を、3週間延期致します。設計変更の設計図書
と一緒にその変更通知書をお届け致します。よろしくお願い
致します。なお、ご存じの方もおられると思いますが、この
後に、別館の工事が発注されます。当団体に関係の深い方々
が指名されるのですが、今回の入札行為において、ご不審を
もたれるようなことのないようにお願い致します。では『誓
約書』だけを先にお配り致しますので、受け取っていただい
た方からお帰り下さいますよう」

こうして、『談合』をしません、という『誓約書』を受け取って解散
である。

誰一人として、話をしない。

お互いに、疑心暗鬼で、顔つきまで変わっていた。

当局の人たちの前で、業者間が馴れ合いでやっていないことを見せる
かのように、一人一人が全くの無関係を装っていた。

入札前に提出するときは、およそ以下のようなものである。

誓約書

昭和○年○月○日執行する貴社発注の○○○○○工事の入札に際し、事前
に談合をしないことをここに誓約します。

昭和○年○月○日

発注者　○○○○　様

住　　所
入札者　商号又は名称
　　　　氏　　名

入札後で提出するときは、およそ以下のようなものである。

誓約書

昭和○年○月○日執行された貴社発注の○○○○○工事の入札に際し、事前に談合した事実はなかったことをここに誓約します。

昭和○年○月○日

発注者　○○○○　様

　　　　　　　住　　　所
　　　　入札者　商号又は名称
　　　　　　　氏　　　名

この『誓約書』を提出することになったのである。

10. 食事会Ⅲ

　これは問題だとばかりに、また誠と岩波と宮野の食事会になった。

岩波電業・岩波「おーい、皐月君、ちょっと話をしたいので、また３人で集まらないか」

皐月電業・誠「そうなんですよ。私もそうしたいと思っていたのですよ」

　もう、あうんの呼吸に近くなってきている二人が、善統電工の宮野に連絡すれば、早速集合である。

善統電工・宮野「すいませんね。ご多忙中に、こういう時間をさいていただいて、申し訳ないです」

岩波電業・岩波「いやいいんだよ。この件名は終わるまで、目が離せない。初めての経験ばかりで、面白いって言っては迷惑だろうけれど、俺としては燃えてきた」

皐月電業・誠「実は、私は変な闘志が出てきて、困りますよ。コノヤローっていう感じですかね」

善統電工・宮野「私もビックリですよ。一体誰がこんなことをしたのでしょうかね？」

　３人が、当局から質問された内容を、各々が話した。

　ほとんどが同じであることがわかった。

皐月電業・誠「ややこしくならないように、順番に処理していきましょうよ」

岩波電業・岩波「本当はさ、酒でも飲みながら始めたいんだけどさ、なんだか武将が戦いの前の軍評定（いくさひょうじょう＝軍議）をやっているみたいで楽しいよ。酒よりも作戦だよ。

　　　　　　さーやろう」

善統電工・宮野「すいませんね。酒は入札が終わったらとして、我慢を
　　　　　　お願いしますよ。まずさきに、発注者から連絡をもらったの
　　　　　　はいつでしたか？」

　３人が、発注者から電話連絡をもらったのは、ほぼ同じであった。

　内容は、招集時間が違っていただけであった。

皐月電業・誠「指定されて、最初に会議室に入ったのが私で、次が岩波
　　　　　　さん、最後が宮野さんですよね。アイウエオ順ではないです
　　　　　　よね。何ゆえにこの順番だったのでしょうか？」

岩波電業・岩波「そう言われてみれば、なぜだ？　年齢順でもないし。
　　　　　　もしかして、若いから、従順にすぐしゃべると思ったかも。
　　　　　　しぶとそうな俺をその次だ。そのけんかしたことを認めさせ
　　　　　　て『談合』自体があったことを白状させるという作戦だった
　　　　　　のではないか」

善統電工・宮野「私も、その順番はそういう手順でやったのだと思いま
　　　　　　す。先に『談合』があったかどうかでは、否定されて終わり
　　　　　　になりますからね。まずけんかから調べて。そして落札予定
　　　　　　者を落とす、という考えだったのでしょうね」

岩波電業・岩波「それで俺がびっくりしたのは、皐月君がそのけんか沙
　　　　　　汰を証明するために、裸になったというのだよ。なんでまた
　　　　　　裸にまでなったんだね？」

皐月電業・誠「本気でやったなら、けがとか傷とかあざとかがある
　　　　　　じゃーないですか。普通なら身体の小さい方に付きますよ。
　　　　　　だからとっさにこれだ！って思ったものですから、やってし
　　　　　　まったのですよ。あれは変だったかな」

岩波電業・岩波「おれは変だと思ったよ。普通なら頭とか顔とか歯が折
　　　　　　れるとかだろうに、だから、俺はそう言ってやったんだよ。
　　　　　　"顔だけで十分だろう"って」

善統電工・宮野「それでどうなったのですか？　相手は納得したのです
　　　　　　　か？」

岩波電業・岩波「そうだと思う。そしたら話が変わって『談合』のこと
　　　　　　　を聞いてきたよ。"そんなものは知らない"って言ったけど、
　　　　　　　善統電工さんの名前が出たので、"もしかして蘭水電工さん
　　　　　　　ではないのですか？"って逆に質問してやった。それで終
　　　　　　　わったよ」

　　誠が30代。岩波と宮野が40代。

　　発注者側の調査官が40代。

　　まだまだ人間観察は経験不足であった。

皐月電業・誠「それでその後が宮野さんですよね。どうでしたか？」

善統電工・宮野「うちも、お二人と同じですね。私は"誰がそういうこ
　　　　　　　とを言っているのか教えて欲しい"って言いましたよ。その
　　　　　　　回答はなかったですが。"もしかしたら指名を受けなかった
　　　　　　　業者の嫌がらせ"かも知れないとも言いました。それは思い
　　　　　　　つきでしたけれど、そういうことも考えられますよね」

皐月電業・誠「そうか、そういうこともあるのですか？　思いもよらな
　　　　　　　かったけれど、だけど、指名を受けたことを、自慢げに他社
　　　　　　　に話しますか？　私はしたことはないのですが」

善統電工・宮野「私は、蘭水電工さんが、指名を受けた会社を探し回っ
　　　　　　　た、ということを聞いていますので、蘭水電工さんから聞か
　　　　　　　れても、自分が指名されていないので、面白くなくて、投書
　　　　　　　したかも、なんて思ってもいましたので、とっさに言ってし
　　　　　　　まったのですが」

岩波電業・岩波「なるほど。愉快犯というやつだね。そういうことも考
　　　　　　　えられるけれど、善統電工さんの名前を出しているからに
　　　　　　　は、蘭水電工側の業者だと思うけれど、きっとそうだよ」

皐月電業・誠「実は、私は以前に、日風電業を『談合』のときに息子の

頭をたたいたり、どなりつけたことがあるのです。そのときの恨み返しで、私を攻撃したくて、そうしたのかと思ったのですが」

岩波電業・岩波「やるねー。どこか似てるとか思ったけれど」

善統電工・宮野「ちょっと、お二人さん、駄目ですよ。そういうことをしては」

　３人が笑ってはいるのだが、頭の中は、正体の見えない敵を探し回っていた。

岩波電業・岩波「だけど、日風電業は試合のことは知らないよな。あの会場だけのけんかだけと思っているように思うけれど。決闘という言葉自体がどこから出たんだろう？」

皐月電業・誠「あっ！　言われてみれば、決闘って言っていました。あの会場で、岩波さんは私に対して決着をつけると言ったのですよ。私は青梅電業の摩崎からの電話に試合をすると言いました。決闘なんて言葉は言っていませんよ」

岩波電業・岩波「俺のところに、日鉄電工の又木からの電話があったけれど、俺も試合と言ったよ。決闘なんて言っていないぜ」

善統電工・宮野「決闘って言う言葉は、めったに聞かない言葉ですよね。西部劇とか時代劇では使うのでしょうが、日常ではどうでしょうか？　けんかとか大げんかとか乱闘とか、そういう言葉なら新聞でも目にしますが、決闘ですか？」

岩波電業・岩波「俺なら、真剣勝負って言う。皐月君ならなんて言う？」

皐月電業・誠「そうですよねー、武道系なら真剣勝負とか、果たし合いでしょうか」

岩波電業・岩波「そうかー、果たし合いがあったな。決闘という言葉はめったに出てこない言葉だよな」

善統電工・宮野「投書のなかに、その決闘と言う言葉があったのでしょうか？　それとも、読んだ人がそう判断したのでしょうか？」

　刑事か探偵のように、3人が考えても、答えが見つからない。

皐月電業・誠「では、肝心な犯人は誰でしょうか？　蘭水電工ですか？」

岩波電業・岩波「それをすることによって、利益がある者って誰だい？　やっぱり蘭水電工だろうな」

善統電工・宮野「弊社を一番邪魔だと思っているのは蘭水電工ですから、損得で考えれば、間違いなく蘭水電工という答えになるでしょうね」

皐月電業・誠「私も、そうだと思いますが、投書することによって、指名の入れ替えがあった場合に、自分が指名から抜けるかもしれないのに、そういうことをするなんて、考えが浅いですね」

岩波電業・岩波「違うよ。別館だかの設計協力したって言っていたじゃないか。だから、自分のところは間違いなく、指名から外されないと思っているんだよ。きっとそうだよ」

善統電工・宮野「それですね。そうなると、間違いなく蘭水電工と断定できますね。逆に他の会社とは思えませんから」

皐月電業・誠「そうすると、その目的はなんだったのでしょうか？」

岩波電業・岩波「俺たち3社を除外するというのが目的なんだろうな。そうすれば、自分が受注出来るわけだから。それしかないだろう」

皐月電業・誠「最初からそうだとは思っていましたが、やっぱりそういうことですね。それで、この先はどうするかですね」

岩波電業・岩波「犯人が分かったっていっても、それはここだけの話であるし、罰則をつけることもできないし、さて、どうするかだな」

　こうして、投書の犯人は、蘭水電工と決めつけても、それをどうするということはできないのである。

善統電工・宮野「こうなれば、もう蘭水電工からのお呼び出しもないことでしょうから、自由競争でやるということで、逆にこちらは助かったかもしれません」

皐月電業・誠「それでは、追加変更の金額がでたら、私の方に、その見積書をいただきたいです。今回は面倒なことに『工事費内訳見積書』の提出がありますから、御社の見積書を参考にして、あちこち単価なりを変えて弊社用をつくります。うっかりすると、御社の金額に影響することも考えられますので、弊社の書き込む入札金額をお知らせ下さい。それに合わせてつくります」

岩波電業・岩波「俺もそうしてもらいたい。受注する気もないのに、真剣に見積もりするのは辛いから、頼むよ」

善統電工・宮野「弊社のために、お時間を費やしてしまったのですから、そう致します。弊社から頼んだというわけでもなかったのに、こうしてご協力下さいまして、本当に感謝申し上げます。無事落札のときは、今度は祝杯にお付き合い下さいますよう」

　いちおうの解散である。

　この投書によって、元々希望していた自由競争ということになった。
　ただし、面倒なことに、材料のひとつひとつに単価を入れた、『工事費内訳見積書』を添付しての入札となった。
　普通は、入札金額だけで見積もりする必要がないのである。
　なぜなら、『チャンピオン』が『短冊』をくれるので、その指定された入札金額を記入するだけなのである。

11. 相談会

　誠に桔梗電業の南武から電話が入った。

桔梗電業・南武「南武です。この前はご苦労さんでした。投書があった
　　　　　ということで、私は電技研協会の役員として、そして章桂電
　　　　　業の田沼さんは秘密会の役員として、話をしたのですよ。重
　　　　　要な問題なので、みなさんに話をしたいのですよ。これは大
　　　　　手支店業者は別として、私たちだけで集まってやるというも
　　　　　のなのですが、出席してもらいたいのです」

　日時と会場を指定された。

　重要な問題と言われれば、行くしかない。

　部屋に入ったのは、地元の8社である。

　誠は意識的に岩波と離れて座った。

　これは事前に電話しておいたので、岩波も承知である。

　上座に南武と田沼が座った。

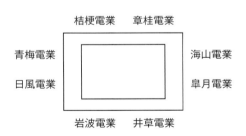

桔梗電業・南武「急に呼び出して申し訳ないです。電話したことです
　　　　　が、業界としても、特にこのたび指名されたわれわれです
　　　　　が、非常に困った問題が出たわけです。これをこれ以上広げ

ないように、そしてすぐにも治まるようにしたいと思います。また続けて発注されるようですから、二度とこのようなことがないようにしなければなりません。ぜひご協力をお願いします」

章桂電業・田沼「今、南武さんが話したのは、この件名で『談合』をしていますという投書があったということでして、発覚したら、とんでもないことで、私たちの死活問題ですからね。そこで解決策を出そうということなんですよ。まー、相談会とでもいうものです」

井草電業・井草「ところで、なぜ指名を受けた大手支店業者が出席しないのですか？」

桔梗電業・南武「今回の問題は、どうやら、大手同士の問題だと思いますので、われわれはそれに巻き込まれないようにしたいという考えなんですよ」

日風電業・日風「大手同士って、その意味がわからないのだが」

章桂電業・田沼「これはですね。蘭水電工さんと善統電工さんとの競争であって、私たちには関係ないと思うのですよ。ですから、この件名に関してはわれわれは手を引いて、彼らに任せておけば、以後の問題はないかと思うのですよ」

岩波電業・岩波「なんだって。ということは、われわれは受注しないで、その蘭水電工か善統電工かが『取る』ということかね？」

章桂電業・田沼「まー、そういうことですが、どうでしょうか」

岩波電業・岩波「馬鹿言ってもらっては困るよ。なんで自分の権利を放棄するんだよ。『零点』『零回』で、誰にも平等の権利があるじゃないか。今あんたが言ったのは、俺に『遠慮』しろって言ったと同じだぞ。ナメたこと言うなよ」

章桂電業・田沼「いえいえ、ですからご相談なんですよ。相談ですから、相談です」

井草電業・井草「そうするとですよ。今回の件名は、『お任せ』すると
　　　　　　　　しても、次回に出てくる別館の方は、われわれだけで決めて
　　　　　　　　いいということですか？」

桔梗電業・南武「いえいえ、そういうことじゃーなくて、別館も含め
　　　　　　　　て、ここからの発注に関してですよ」

岩波電業・岩波「冗談じゃない、そんな話は聞いていられない」

井草電業・井草「そうですよ。それは無茶な話ですね」

岩波電業・岩波「お宅もそう思うだろうな。帰っていいか」

青梅電業・摩崎「ちょっと待ってくださいよ。岩波さんのせいで、こう
　　　　　　　　いうことになったのですから、そこのところを考えて下さい
　　　　　　　　よ」

岩波電業・岩波「それはどういう意味だ！」

青梅電業・摩崎「だって、あなたがですよ、短気を起こして、皐月さん
　　　　　　　　とけんかなんかするから、こうなったじゃないですか。もっ
　　　　　　　　と冷静に考えてくださいよ」

皐月電業・誠「なにー、今の発言は聞き捨てならない。それじゃーなに
　　　　　　　　か、俺に責任があって、それで投書されたということかよ。
　　　　　　　　けんかしたっていう投書じゃないんだぞ。『チャンピオン』
　　　　　　　　が決まっているっていう投書なんだぞ。けんかだけなら、俺
　　　　　　　　たちだけが呼び出されれば済む話じゃないか。訂正して謝
　　　　　　　　れ」

海山電業・島木「あぁー待った待った。皐月さん、そう興奮しないで、
　　　　　　　　その通りですから。私もそう思いますよ」

皐月電業・誠「興奮じゃーないよ。頭にきたんだよ。許さないよ。まず
　　　　　　　　謝れ」

岩波電業・岩波「お前か、投書したのは。だからそういう図太いことが
　　　　　　　　言えるんだな。とんでもない野郎だ。それこそ俺とやるか。
　　　　　　　　手加減はしないぞ」

章桂電業・田沼「待って下さい。落ち着いて。落ち着いて。そう興奮しないでください。今のは間違いなく、摩崎さんの発言が悪いと思います。言った摩崎さんも、今言われて、そして気が付いて反省していると思います。それで、それはそれとして、問題なのは、これからどうするかということですので」

皐月電業・誠「それはそれとして、次に進めるのですか。冗談じゃない。謝罪が先で、問題は後からでいい」

岩汲電業・岩波「そうだ。その通りだ」

青梅電業・摩崎「わかりました。私が間違った発言をしました。訂正して謝罪します」

海山電業・島木「まあまあ、そのくらいで許してもらって、肝心なことを進めていただけますか」

　気まずい空気が漂って、誰もが不機嫌だった。

桔梗電業・南武「さっきの話の続きに戻りますが、別館も含めて、ここからの発注に関しては、大手支店業者に任せて、その後に下請けでもらうとか、なんらかの方法で協力するという方向がいいのかなーということなんですが、どうでしょうか。お考え下さい」

井草電業・井草「私は、さっき言ったように、別館は別だとかでなければ、それには応じられない」

日風電業・日風「さっき、大手同士って何ですかって、聞いたら、蘭水電工さんと善統電工さんとの競争とか言いましたが、それはそれでやっても、こっちの知ったことはないですが、その他の支店業者は、どういうつもりなんですか？」

桔梗電業・南武「その他の支店業者は、見守るという状況のようです。ですから、私たちもということなのですが」

海山電業・島木「私も、そういう話は聞きました。しかし、そうかと

いって、われわれ全員が、それと同調するのは別だと思います。もしも、ご希望の方がいるのなら、それはそれで自由にやった方が、今回の『談合』事件が治まるようにも思えるのですが、いかがですか」

　大手支店業者との付き合いが濃厚の海山電業の発言である。

　てっきり、蘭水電工の言いなりと思っていたのだが、やはり地元の雄である。

皐月電業・誠「それでは、桔梗電業さんの意見に賛成の方はどなたとどなたですか？　賛同する方は挙手してみてください」

岩波電業・岩波「そうだな。この際はっきりと態度で表してくれ」

　恐る恐る挙手したのは、桔梗電業・章桂電業・青梅電業の３社である。

皐月電業・誠「今、挙手したのは、桔梗電業さん、章桂電業さん、青梅電業さんの３社ですね。ありがとうございました。よーくわかりました」

　誠は、目で見ればわかることを、わざわざ声に出して発言したのである。

岩波電業・岩波「今、挙手したのが、蘭水電工の手下か。頼まれたのだろう。投書したのもお前たちだろう」

章桂電業・田沼「なに言っているんですか。そんなわけないでしょう。それは誤解ですよ。私たちは業界のために、その方がいいと思って自主的に動いたのであって、手下だなんて。まして自ら『談合』を暴露なんかしませんよ」

　岩波が立ち上がって、小型カメラで部屋の中を撮影した。それも何枚も何枚もである。

章桂電業・田沼「何やってんですか。そんな記録に残るようなものを残

すのは困るので、そのフイルムを出して下さい」

桔梗電業・南武「確かにそれはマズイ、よくない、困るなー、そのカメラを貸してください。誰か取り上げてください」

　そう言われても、誰も岩波に手が出せない。

海山電業・島木「岩波さん、その写真を何に使うのですか？　記念写真ですか？」

岩波電業・岩波「投書されて、警察の取り調べ以上に厳しくやられたよ。それで『談合』をしている証拠を持ってくるように頼まれたので、これを発注者に提出するんだよ」

章桂電業・田沼「なんですって。そんなことをしたら、みんなが困るじゃありませんか」

岩波電業・岩波「冗談じゃない。困ったのはこっちだ」

青梅電業・摩崎「大丈夫でしょうー、写真だけじゃー、何をしているか分からないのですから」

章桂電業・田沼「それはそうかも知れないけれど、だけど、マズイですよ。困りますよ」

青梅電業・摩崎「だけど、『チャンピオン』を決めていないのだから、『談合』と言えないじゃーないですか。他の会合でも通用しますよ」

皐月電業・誠「今、見ていたら、井草電業さんだけが撮影してなかったですね。井草電業さん良かったですね」

井草電業・井草「そうかね。それなら、助かったけれど」

皐月電業・誠「でも、残念なことに、他にも証拠があるので、結局は、何を言っても弁解になりません」

井草電業・井草「なんだね？　その他の証拠って？」

皐月電業・誠「はい、これです。私も岩波さんと同じように頼まれましたので、この小型テープレコーダーを持ってきて、録音していました。全ての会話は記録されましたので、岩波さんの写

　　　　真と一緒に提出します」

井草電業・井草「それで、さっき、わざわざ社名を言っていたのかね。そういうことか。じゃーしょうがない諦めるよ」

皐月電業・誠「でも、井草電業さんはいいじゃないですか。反対側の意見だったから、問題は、さっきの３社ですね」

　　誠と岩波は、この作戦を打ち合わせしていたのである。

　　そうとは誰も知らないから、ありのままにさらけ出していた。

章桂電業・田沼「お二人さん。頼みます。この通りですから、その証拠は提出しないで処分してもらえませんか。頼みます」

岩波電業・岩波「子分だけが頑張っても、多数決で分かるような結果だよ。無駄な時間を使ったんだから、会場費やコーヒー代は払わないけれど、そのまま帰るぞ。じゃーな」

　　岩波は、部屋を出て行った。

　　誠も後に続いた。

青梅電業・摩崎「どうするんですか？」

章桂電業・田沼「どうするって、そう言われても」

桔梗電業・南武「マズイことしちゃったなー」

海山電業・島木「本当に、どうするんですか？」

井草電業・井草「俺は、反対意見だったから、救われるかも、だけど、あんた方の３人はマズイねー」

日風電業・日風「俺は、どっちとも言っていないから、どうなるんだろう」

海山電業・島木「僕も、反対意見だったから、救われるような気がするにはするけれど。問題は、こうして集まったということですよ。これが『談合』なんですから」

日風電業・日風「そうだよな。『チャンピオン』を決めていなくても、

『チャンピオン』をつくることの話をしたんだから、『談合』
だよな」

井草電業・井草「あんたら、岩波さんが言ったように、蘭水電工に命令
　　　　　　　されたんだろう。あるいは頼まれたんだろう」

桔梗電業・南武「そういうことはないですよ。それよりも、本当に提出
　　　　　　　するのだろうか」

青梅電業・摩崎「自分たちも参加しているんだよな」

日風電業・日風「だけど、依頼されていれば、潜入捜査みたいなもの
　　　　　　　で、出席して普通かも」

海山電業・島木「肝心なことは、本当に頼まれたのかなー」

井草電業・井草「確かに。それもあるねー」

桔梗電業・南武「いずれにせよ、みなさんに迷惑かけることになりま
　　　　　　　す。すいませんね」

日風電業・日風「あの二人は、いったいどうなっているんだね？」

青梅電業・摩崎「なんでも、試合して、引き分けになって、そして仲直
　　　　　　　りしたって、言うのだけれど」

井草電業・井草「その試合っていうのは、間違いないのかね？」

海山電業・島木「性格が似てるから、それもありかもね。気が済まない
　　　　　　　ようなところがあるから、間違いなく試合はしたと思う」

青梅電業・摩崎「ああいうタイプって、一人でも困るのに、二人じゃー、
　　　　　　　どうしようもないよな」

海山電業・島木「だから、味方ならいいんだよ」

青梅電業・摩崎「"敵に回したくない奴"って、ああいうのを言うんだ
　　　　　　　よな」

　部屋に残った6人が、ああだこうだと話をしても、解決策は出なかっ
た。

　せっかくの桔梗電業と章桂電業の計画は、無駄に終わったのではなく
て、かえってマズイ結果をつくってしまったのである。

　勝手に退席した誠と岩波の２人はレストランに向かった。
　コーヒーを飲みながら、今の相談会という会議を思い出して話し込んだ。

岩波電業・岩波「やっぱり、予想したとおりだったな」

皐月電業・誠「そうですよ、われわれの予想が当たったのですが、蘭水電工の子分ということがよーくわかりましたね」

岩波電業・岩波「まったくだ。何か文句をつけるところはないか、ないかって待っていたら、そのキッカケが見つかったから、ソレーってなもんで　騒いでやった。だけど、ジェスチャーではなくて、本当に面白くないよ」

皐月電業・誠「なんたって、あいつらは怒られて当たり前のことをしたんだから、反抗する気持ちがあっても、それが行動に出ませんね。やはり私たちの迫力勝ちですね。そこへ写真と録音にはビックリしていましたね」

岩波電業・岩波「それは皐月君が言ったから、そのまま行動したんだが、前代未聞の事件だよな。皐月君の録音もあるから、新聞記者にスクープされたようなもので、今ごろ大騒ぎしているはずだよな」

皐月電業・誠「それはそうでしょうね。"どうしよう・どうしよう"って言ってウロウロしていると思います」

岩波電業・岩波「この証拠を、本当に提出すると思ったかなー」

皐月電業・誠「どうでしょうかねー、もしかすると、"自分たちも参加したんだからそんなことはしない"だろうと思っていることも考えられますが、半々でしょうか？」

岩波電業・岩波「すぐにも、蘭水電工へ連絡して、集合だろうな」

皐月電業・誠「馬場が、怒ってもどうしようもないから、それは桔梗電業と章桂電業が勝手にやったことだとして、逃げるでしょう

ね」

岩波電業・岩波「それは間違いないな。きっとそうするよ。その言い訳を善統電工にするか？　しないか？　素知らん顔でいるか？そこだな」

皐月電業・誠「ああそうですね。言い訳ですか。それって、もしもを考えて、先手を打って発注者に話す、なんてことはしないでしょうね」

岩波電業・岩波「発注者から、言われれば、ごまかしの返事はするだろうけれど、自分からはないと思うよ、何で知っているんだ、ということになるから」

皐月電業・誠「だけど、何でもありの蘭水電工ですからね、何をするやらわかったもんじゃないですよ」

岩波電業・岩波「まあそうだけど。発注者よりは、善統電工に先手を打って、言い訳するようにも思う」

皐月電業・誠「まずは、岩波さんの写真と、私の録音は、このまま保管しておいて、最終兵器としましょう。そして、次は設計資料が届いて、善統電工が見積もりして、善統電工が作った『短冊』をもらって、入札会場へ、ということになるのですが、他に何かありますか？」

岩波電業・岩波「その保管しておくのだけど、それをどうしても"返して"っていうか、"下さい"っていうか、取り上げたいわけだから、何か交換条件でも持ってくるかな？」

皐月電業・誠「それは来ないと思うのですが、金銭のやり取りは恐喝になってしまうから、こちらがその話には乗らないし、交換するような材料もないし。そのまま黙ったままで、知らぬ存ぜぬをすると思うのです」

岩波電業・岩波「もしかすると、また情報をとりに、どこからか電話でもあるかも知れないな、そうなれば、またガセネタを流すこ

とになるけれど、もしもそうだとしたら、青梅産業の摩崎
が、俺に謝罪するようなジェスチャーで近づくと推理するけ
れど、どうだね」

皐月電業・誠「あぁー、それはあるかもしれませんね。何か電話する用
件がなければ、話し掛けづらいですものね」

皐月電業・誠「だけど、蘭水電工から指図されて情報取りはあるかもし
れませんが、同じ人物は使わないと思います。また疑われる
と思って警戒するでしょうから」

岩波電業・岩波「じゃー、該当者がいないな。後は今日の主催者が謝罪
にきて、証拠を出さないでくれと頼みにくるだけだな」

皐月電業・誠「その程度でしょうね。私の方に来たら、"分かった" と
だけ言っておきます。そして岩波さんに電話しますよ」

岩波電業・岩波「俺の方にも、来れば、"出さない" って言っておくよ。
おそらく "皐月君にも頼んでくれ" くらいは言うだろうから、
それも "そうする" って言っておくよ。そして俺からも電話
するよ」

　これで、投書されたことへの恨みが晴れたわけではないが、こうして
被害者となった者同士が話すことで、気休めにはなったのである。

12. 結果報告会議

　翌日になって、蘭水電工の海山営業所の会議室には、指名を受けてから、すぐに集まった6人が、再び集まった。

　蘭水電工の馬場営業部長・木村営業副長・北田営業係員、章桂電業の田沼営業部長、桔梗電業の南武常務、日鉄電工海山営業所の又木主任、の6人である。

　同じ支店業者の佐起電工は、"指示に従います"ということで出席をしなかった。

蘭水電工・北田「お越しいただいて、ありがとうございます。その後のことを、改めてお話しして下さい」

桔梗電業・南武「馬場さんには電話で話したのですが、参りました。例の暴れん坊がまた暴れました。それに弱ったことが起きました」

章桂電業・田沼「そうなんですよ。今度は、摩崎さんにまでけんかを売ってくるし、手が付けられません」

日鉄電工・又木「俺はまだ聞いていないので、詳しく知りたいのですが、面倒でももう一度、話してください」

　南武が、昨日の会議の状況を詳しく話した。

　全員が黙って聞いているだけである。

蘭水電工・北田「そこで、カツンと一発やってやればよかったのに」

章桂電業・田沼「あなたはそう簡単に言いますがね、その現場にいてごらんなさいよ。手も足も出ませんよ」

蘭水電工・馬場「お前は本当に馬鹿だな。簡単にやれるなら、とっくになんとかしているんだ」

桔梗電業・南武「そうですよ。彼らは、投書の犯人は蘭水電工と決めていますから、うっかり蘭水電工さんの社員がそこにいたら、大けがをしますよ。出席していなかったからそういう言葉が出るのですよ。いいですか、テープレコーダーに全部録音されているのですよ。どうやって、何ができますか」

章桂電業・田沼「そこですよ。写真も撮ったし、本当に提出するのでしょうかね？」

日鉄電工・又木「写真は別の会議の物で今回に関係ないとして、録音は誰が話したかはわからないのではないですか？　その証拠は別々な物ですって言えないのですか？」

桔梗電業・南武「それが、わざわざ社名を言っているのですよ。あのテープを聞いたら、誰もが蘭水電工さんを『チャンピオン』にするために行った会議だと推察しますよ。投書の主が蘭水電工と思い込むかもしれませんね」

蘭水電工・木村「まず心配するのは、発注者にその証拠を提出するか？もししたら、どう対応するか？　ということになりますが、果たして、提出しますか？」

章桂電業・田沼「かなり興奮していましたからね。本当に提出すると思われます。じゃー止められるかっていうと、無理だと思いますよ」

蘭水電工・馬場「北田、お前は簡単にできるだろうから、それを止めてこい」

桔梗電業・南武「それは無理ですよ。北田さんがいつも簡単に言っていますが、相手はそういうものじゃーないですよ。まさか！と思うこともしかねない彼らですから」

青梅電業・摩崎「この証拠となるものを本当に提出したら、彼らだって得になることはないように思うのです。今は自分たちが調べられたという悔しい思いが強くて、興奮状態だから、やるか

もしれないということだと思うのです。ですから、私が昨日の件の謝罪をしに行って、興奮をおさめさせようかと思います。それでどうでしょうか」

蘭水電工・馬場「そうか。それを摩崎さんがやってくれれば、一気に解決するかもしれないな。本当にやってくれるのかい」

桔梗電業・南武「どうだろうか、いくら摩崎さんが丁寧に謝罪しても、それで止まるものかな。もう今日あたりは提出していないかなー」

青梅電業・摩崎「いいえ、今日は、彼らも善統電工の事務所に集合していると思いますよ。だから、今日中に連絡をとって出向けば、間に合うと思うのですが」

日鉄電工・又木「やっぱり、その二人だけじゃなくて、善統電工も加わっているかな。そうかもしれないな」

青梅電業・摩崎「もともとが、組んでいたかどうかはわかりませんが、今回は同じ調査を受けた仲間ですから、被害者意識は共通になりましたので、連携をとって行動する可能性は大きいと思います」

章桂電業・田沼「さすが摩崎さん。僕もそう思います。もともと一匹狼のようなのが誠で、人付き合いが上手とも思えないから、この投書からの付き合いだと思いますね」

蘭水電工・馬場「いや、違うよ。皐月電業の先代社長は、一番最初に入社したのが、東京電灯（株）（日本初の電力会社）なんだよ、今は社名も変わったけれど、それは今の善統電工の親会社ともいえる会社だったんだよ。そこで気力・体力・技量抜群ということで、帝国日本軍から指名要請を受けて、中国に渡ったんだよ。そういうことからして、何らかの話題があって、繋がりを感じて、そこで意気投合したということもあり得る。最初からわれわれのようにしていたとも考えられる」

章桂電業・田沼「そういうことでも、事前工作をするようなことはあり得ないですよ。特にこの件名では」

青梅電業・摩崎「今、思い出しましたが、以前に宮原トンネルの件名では、椎名電業と竹中電業と組んでいませんでしたか？　私は組んでいたように感じましたけれど」

※前作『秘密会議・談合入門』第 23 話参照

桔梗電業・南武「そうかー、あれは、そうだったのかなー？　そうかなー？」

南武が腕を組んで、過去を思い出しながら考えたが、わからなかった。

同じく、田沼もその件名のことを思い出したが、そう結論づけるまでには至らなかった。

蘭水電工・馬場「いずれにせよ。うちが仕掛人と思われると困るから、まずその証拠となるものを押さえることと、この先は自由競争になることを覚悟することだと思う。もう説得作戦は無理だと思う」

桔梗電業・南武「こうして、こっちが集まっても、相手が強い者が集まっているのではかないませんね。もしも、弱い者が集まっているのなら、いくら集まっても、こっちが強いのですがね」

章桂電業・田沼「確かに。皐月電業が一人なら、いくらでも手はあるように思うのですが、同じような性格の岩波と組まれたら、ちょっと手ごわいですね。特に今回は天下の善統電工が組んだとなったら、もうどうしようもない」

青梅電業・摩崎「この後、みなさんがどういうことをするかは知りませんが、私としては、今日を持ちまして、ここの会合には参加しないことにしましたので、ご理解ください。ただし、岩波

　　　　への謝罪は必ず実行します。これは約束します」

蘭水電工・木村「摩崎さん、それはどういうことですか」

青梅電業・摩崎「いえいえ、怖がってとかではなくてですね、社内事情
　　　　というものでして、御社に影響はないと思います。とにかく
　　　　皐月電業より、岩波電業を押さえる方が効果があると思いま
　　　　すので、早速行ってきます」

　摩崎は、この日をもって、蘭水電工の事務所への出入りはなくなっ
た。
　しかし、蘭水電工の集まりは、この後も数々あって、幾多の作戦を展
開した。

13. 弁解作戦

　蘭水電工で会合のあった日の夕刻に善統電工の事務所に電話があって、アポイントをとった桔梗電業の南武と章桂電業の田沼が善統電工を訪問した。

桔梗電業・南武「誤解されると困るので、電話でなくてこうしてお邪魔しました。実はこの度の件名で、発注者側に投書があったということで、これは重要な問題なので、私は電技研協会の役員として、そして章桂電業の田沼さんは秘密会の役員として、地元業者を集めて話をしたのです。目的はそういうことですのでご理解下さい」

章桂電業・田沼「私の方から、もうあれこれ介入しないで、この件名は大手支店業者の方々に任せたらどうかという話をするのが目的だったのですが、ちょっとしたトラブルから、話半分の段階で、岩波さんが写真を撮る。皐月さんがテープレコーダーで録音する。とかということをしてしまったのです。この話は聞いていますか？」

善統電工・宮野「いいえ、今、初めて聞きました。本当ですか？」
　確かに、宮野は初耳なのである。
　事情聴取という取り調べのようなことをされた、ということに憤りを感じた誠と岩波が二人だけで相談して行ったことであったのである。

桔梗電業・南武「そこで、その二人が、発注者にその証拠の物を提出するっていうのです。そういうことになると、ますます大問題になりかねないので、御社のお力で、何とかそれを止めてい

ただきたいのです。業界全体のことですから」

善統電工・宮野「そういうことなら、力のある蘭水電工さんがおやりに
　　　　　　　なればいいのではないのですか。なんで弊社なのですか？」

章桂電業・田沼「それが、あの二人は、蘭水電工さんが画策していると
　　　　　　　思い込んでいるものですから、蘭水電工さんからの話では聞
　　　　　　　き入れないと思うのです。聞けば、御社と皐月電業さんの先
　　　　　　　代社長とは、少なからず関係があるとも聞いているものです
　　　　　　　から」

善統電工・宮野「えー、そうなんですか？　それも初耳ですが、聞いた
　　　　　　　ことはなかったですねー」

章桂電業・田沼「それはもう、戦前のことですから、ご存じないかも知
　　　　　　　れませんが、本当のことなのですよ。そういうわけで、口説
　　　　　　　くって言うと、語弊がありますが、説得って言うのも正しく
　　　　　　　ないですが、どう言ったらいいのか、とにかく、提出はやめ
　　　　　　　るように話してもらえないでしょうか」

善統電工・宮野「考えてはみますが」

桔梗電業・南武「いや、考えるという時間はなくてですねー、今すぐに
　　　　　　　も電話していただかないと間に合わないかも知れないのです
　　　　　　　よ」

善統電工・宮野「それならそれで、昨日の電話のときに、話していただ
　　　　　　　ければよかったのに」

桔梗電業・南武「いや、この話は、こうして直接お顔を見て話す内容で
　　　　　　　すから、そんなわけで、至急連絡してもらえないでしょう
　　　　　　　か」

善統電工・宮野「お話はよくわかりましたが、元請け下請けの関係でも
　　　　　　　ないし、皐月電業さんとは以前に何回もお会いしています
　　　　　　　が、親しくお話ししたこともないし、岩波電業さんは最近お
　　　　　　　会いした関係ですし、弱りましたねー。貸し借りは作りたく

　　　　ないし。うっかり命令なんかできないし。これは勇気がいり
　　　　ますよ。ちょっと上司と相談するなりしてからになりますか
　　　　ら、今すぐっていうのは無理ですね。この脚でお二人が直
　　　　接、そのお二人に会いに行った方が、話は早いのではないの
　　　　でしょうか」
　紳士の宮野は、全く理にかなった話であり、泣きついた二人がこれ以
上話をしても無駄だということを実感した。
章桂電業・田沼「そうですか。それもよくわかるのですが、業界全体に
　　　　関わることなのですよ。困ったです。実は正直言って、彼ら
　　　　に直接会って話ができないとわかりきっているので、こうし
　　　　て、お頼みしているのですよ。本当に困っています」
　何とかしてくれると思って、早朝から車を飛ばしてきたのだが、諦め
て帰った。
　これは、"駄目でも行ってこい"という、馬場の指令だったのである。

　この二人が帰ったのを確認して、すぐさま宮野が電話したのは誠の皐
月電業であった。
　「皐月さん、今、章桂電業と桔梗電業が来て、話を聞いたのですが、
会議の写真と録音をとって発注者側に提出するって、本当ですか。なん
でそういうことをしたのですか。私は聞いていなかったですよ。あの二
人が困った困ったって言っていまして、私に説得するように頼みに来た
のですよ」
　さすがの宮野もあわてて、話が順を追っていない。
　思いついたことを、その順に話している。
　「先日、南武から、話したいことがあるので来て欲しいという話が
あったのです。その会合に行く前に、岩波さんと話をしました。二人と
も同じように頭がカリカリとモヤモヤという感じで、お互いに同じ気持
ちだったのですよ。そこで二人で相談して、蘭水電工の作戦をぶっ壊す

ということを考えたのです。それがカメラと録音だったのです」

「そうだったのですか。それで、その証拠品はどうするのですか？」

「この件名が終わるまでは、まだ何が出てくるかわかりませんから、保管しておきます」

「そうですか。あの二人が直接来社したのは、私に説得して欲しいということですが、馬場さんが命令したのでしょうね。さすがの馬場さんもあわてたことでしょうね」

「もう、投書作戦もできないと思うのですよ。私が思うのに、"提出される前に蘭水電工が先手を打って発注者に事情を話すだろう"と言ったら、岩波さんは"発注者よりは、善統電工に先手を打って、言い訳する"と思うって言うのですよ。どう思いますか」

「もう、岩波さんとも話はしたのですね。わかりました。いちおう岩波さんにも電話しますが、今度は私に一報してくれるなりを頼みますよ」

「宮野さんに話をするつもりではいたのですが、きっと止められるだろうという話になって、すいません、やっちゃいました」

「やってしまったから、今さらですが、せっかくだから、その記録のコピーを私にもらえませんか、ぜひ見たい・聞きたいです」

　この後で、宮野は岩波にも電話をして、誠との話が一緒であったことで、安心したようである。

　やはり、証拠の提出は、騒ぎを大きくするので困ると判断していた。

　その電話が終わると、蘭水電工から宮野に電話が入った。

　直接面会して話をしたいということである。

　そして蘭水電工の木村と北田の二人が来社となった。

蘭水電工・木村「誤解されるといけないので、伺いました。本当は馬場が来るべきですが、本社の方に呼ばれているものですから、

　　　私が代わりに来ました。用件は、ある程度お聞きになってい
　　　ると思いますが、弊社があれこれやっているような誤解をさ
　　　れているようでして、それに困っているのですが、そこのと
　　　ころを御社に深い理解をしてもらおうと思って、その説明な
　　　のです」

善統電工・宮野「どういう誤解ですか？」

蘭水電工・木村「このたび章桂電業と桔梗電業が代表となって、投書事
　　　件を穏便に処理しようとして、業者を集めたのです。それ
　　　が、いかにも蘭水電工が指図してやっているように誤解され
　　　たようなのですよ。当然うちはそういう指図とか頼み事はし
　　　てないのですが、彼らとは親しいお付き合いをしている関係
　　　上、そういう風に勘違いしたのだと思うのです。ですから、
　　　お宅を敵に回して、なにか画策するということはないのです
　　　よ。そこを理解してもらいたくて、こうしてきたということ
　　　です」

善統電工・宮野「わざわざ、恐れ入ります」

蘭水電工・木村「そして、写真と録音があるそうですが、それはその中
　　　の一部であって、全てを表しているものではないので、それ
　　　を見たり聞いたりして、また誤解されても困るので、そうい
　　　うことのないようにお願いします。そして、その証拠もニセ
　　　モノみたいな物なので、客先に提出するなんてことのないよ
　　　うに、できれば、お宅から彼らに言ってやってもらえません
　　　か。お互いに困るわけですから」

善統電工・宮野「そうですか。私はその写真も録音も見たり聞いたりし
　　　ていませんから、ガセネタだかどうかもわかりません。それ
　　　と他社さんに、ああしろこうしろとは言えませんので、御社
　　　の方で伝えた方がよろしいかと思います。それでは、話の趣
　　　旨はわかりました。上司にも伝えておきます」

蘭水電工・木村「よろしくお伝え下さい。それから、この件名は、民間
　　　　　　発注物件として頑張ろうと思っておりますので、お手柔らか
　　　　　　にお願い致します」
善統電工・宮野「こちらこそ」
　言葉遣いにおいても、格段の差をもって、紳士なのが宮野である。
　こうして、蘭水電工は言い訳をして帰っていった。
　後々の付き合いがあることと、他の営業所や支店でも『談合』で会う
ことになるので、その方への波及を恐れてのことである。

　この蘭水電工の二人は、この脚で発注者へ向かった。
　先日に、業者に注意事項を与えた調査担当者に面会したのである。
調査担当者「どういったご用件でしょうか？」
蘭水電工・木村「このたびの件名につきまして、迷惑な情報が入りまし
　　　　　　たので、お耳に入れようかと思いまして、伺いました」
調査担当者「そうですか。いずれにせよ、他の者も立ち会わせますの
　　　　　　で、少々お待ち下さい」
　そして、発注者側が３人で、蘭水電工が２人で小会議室に入った。発
注者側の一人が主に聞く。もう一人は聞いているだけ。もう一人は書記
である。
調査担当者「この前の投書のことですか？」
蘭水電工・木村「はい、その関連なのですが、私どもに入りました情報
　　　　　　によりますと、皐月電業さんと岩波電業さんが、章桂電業さ
　　　　　　んと桔梗電業を利用して、会合をもったようでして、そこで
　　　　　　策略的な芝居をして、それを録音したり写真を撮ったりとい
　　　　　　うことをしたらしいのです。そしてその全てを私どものせい
　　　　　　にしようとしている、ということのようなのです」
調査担当者「今の話が、よくわかりませんが」
　嘘をつこうとしているから、話がちぐはぐして、はっきりしないので

ある。

蘭水電工・木村「投書したのは蘭水電工だと決めつけて、その腹いせ
に、みんなを集めて、訳のわからない証拠品をでっち上げた
ようなのです」

調査担当者「その話は、どこから聞いたのですか？」

蘭水電工・木村「ええ、それは"ひどい目に遭った"と言って章桂電業
さんと桔梗電業が教えてくれました」

調査担当者「それなら、章桂電業さんと桔梗電業さんが来ればよかった
ですね。そうすれば、もっと詳しい話が直接聞けましたね」

蘭水電工・木村「まーそうですが、内容としては、私どもが困る内容な
ので、私の方からお話しすべきかと思いまして」

調査担当者「あなたの言う、"私ども"というのは、御社と章桂電業さ
ん桔梗電業さんのことですか？」

蘭水電工・木村「いえいえ、それは弊社のことでして、お話ししたかっ
たことは、皐月電業さんとか岩波電業さんが持ってくる情報
をうっかり信じ込まないようにということを、お話ししたか
ったのです」

調査担当者「では、その皐月電業さんと岩波電業さんは、その証拠のよ
うなものを持ってくるのですね」

蘭水電工・木村「いえ、まだ持ってくるとは決まっていませんが、もし
も持ってきたら、ということなんです」

調査担当者「じゃー、こちらから逆に、提出するように言いましょう
か。そうすれば、そのものが信じられるのか、信じられない
ものなのかがわかるわけですから、その方がいいですね」

蘭水電工・木村「いえ、そうじゃなくて、とにかく信用できないものな
ので、相手にしないようにしていただきたいと思うのです」

調査担当者「"信用できない"というのは、人物ですか？　物ですか？
どうも話がよくわかりませんね」

蘭水電工・木村「あのー、他社さんの話をしますと、悪口になると思っ
　　　　　　　て遠慮して話をしたのがいけなかったのでしょうか。分かり
　　　　　　　やすく言えば善統電工と皐月電業と岩波電業はグルで、何か
　　　　　　　やっているのですよ」
調査担当者「そうんですか？　この前の投書の中身もそうですが、訳
　　　　　　のわからないことがいっぱいあるようですね」
蘭水電工・木村「あの投書とかいうのは、どうなったのですか」
調査担当者「それは、この前にお話しした通りです。それではなくて、
　　　　　　今日の用件は、もういいですか？」
蘭水電工・木村「はい、結構です。では失礼します」

　発注者側は、投書があったというだけで迷惑なのに、さらに訳のわか
らない話を持ち込まれて、うんざりした。

　この蘭水電工が訪問してこなければ、そのままだったはずが、ますま
す、このたびの指名業者全体に不審を抱いたのである。

　そして、新たな行動を起こすことになった。

　"策士、策に溺れる" とは、このことである。

14. 追加指名

　発注者側は会議を開いた。

　投書事件があった後で、タレコミ情報があったことによって、指名業者の中で、投書のときの善統電工・皐月電業・岩波電業と、今回のタレコミ情報の蘭水電工・章桂電業・桔梗電業、この6社を疑った。

　確認するために、再度皐月電業と岩波電業を調査しようという意見もあったのだが、騒ぎをこれ以上大きくしないようにという配慮から、証拠が持ち込まれるまでは、そのままにしておくという意見が多数を占めた。

　もしも、持ち込まれたら、その時に調査を行うということに決定した。

　12社を指名して、その半分が怪しい会社と思ったのである。

　そうかといって、はっきりした証拠がないのであるから指名を取り消すことはできなかった。

　そこで、新たに業者を追加するということになった。

　3社を追加したのであるが、『談合』を懸念して、1社ずつを呼び出した。

指名担当者「このたび御社に指名を致しました。他にも数社の指名をしております。くれぐれも『談合』などのないように、入札に臨んでいただきたいと思います。なお、この件名の後から、別館の工事もあります。今回の工事の内訳書などを拝見させていただきまして、内容がよろしければ、次の指名をさせていただきます」

　以上の説明である。

こう言われると、次の件名にも指名されたいという思いが発生する。

*

　大手支店業者で海山営業所を構える業者は、指名を受けたら蘭水電工に連絡することになっている。

　そして、会合日時などの連絡をもらうのである。

　指名を受けた岩神電工の岩井が蘭水電工に電話をした。

　"来てもらいたい"ということで、蘭水電工へ出向いた。

　蘭水電工にしてみれば、まさかの追加指名業者があるということで、詳しい話を聞きたくて、呼び出したのである。

蘭水電工・木村「指名されたのは、お宅と他はどこですか？」

岩神電工・岩井「いえ、他社はどこかは知りません。行ったときにはうちだけでしたが、他にも数社指名したという話でした」

蘭水電工・木村「何か言われましたか？」

岩神電工・岩井「ええ、『談合』のないように、という注意がありました」

蘭水電工・木村「それだけですか？」

岩神電工・岩井「工事の内訳書を見て、次回の指名を見当するっていうことも言われました」

蘭水電工・木村「そうなると、いい加減な見積もりはできませんね」

岩神電工・岩井「他にはどこが指名されていますか？」

蘭水電工・木村「追加指名のあるまでは、大手はうちと善統電工と日鉄電工と佐起電工の４社で、あとは地元が８社の合計12社です」

岩神電工・岩井「その地元は、どことどこですか？」

蘭水電工・木村「それは、青梅電業、日風電業、井草電業、章桂電業、桔梗電業、海山電業、岩波電業、皐月電業です」

岩神電工・岩井「皐月が入っているのですか？」

蘭水電工・木村「入っていますよ。地元ですからね」

岩神電工・岩井「あの野郎に恨みがある。面白くない野郎で」

蘭水電工・木村「何かあったのですか？」

　岩井が、以前におきた体験談を話した。

　誠の空手と合気道で泣かされた話である。

　※前作『他言無用・秘密会議秘話』第10話参照

蘭水電工・木村「そんなことがあったのですか。まったくあいつには手
　　　　　　　こずりますよ。今回もいろいろあるのですよ」

岩神電工・岩井「そうですか。まさかあの野郎が、この件名を狙ってい
　　　　　　　るとかですか？」

蘭水電工・木村「狙っているとは思いますが、善統電工とくっついてい
　　　　　　　ると思います」

岩神電工・岩井「何がなんでも、あいつには『取らせたくない』です
　　　　　　　よ。いまいましい野郎で」

蘭水電工・木村「そうですか。それじゃー、この件名に『協力』してく
　　　　　　　ださいよ。この件名はうちが設計の協力をしてきたのに、善
　　　　　　　統電工に邪魔をされて、困っているのです。それに皐月電業
　　　　　　　と岩波電業がくっついていて、さらに困っているのです」

岩神電工・岩井「わかりました。今回のこの件名は、お宅にお任せしま
　　　　　　　すよ。連絡をください」

　被害者同士は、近づきやすいので、すぐにも意気投合である。

　この追加指名があったということが馬場の耳に入り、緊急会議が開か
れた。

　結果としては、もはや、自由競争しかないということになって、応援
する仲間にも、それを伝えた。

＊

　岩切電業も指名されていた。

　『談合』の警告を与えられても、公共事業という感覚はなかった。こ
の現場の近くに皐月電業があるから、おそらく指名されていて、頑張っ

てくるだろうと予想した。

　以前にひどい目にあわされているので、そのリベンジのつもりで、受注意欲は盛んであった。

　※前作『他言無用・秘密会議秘話』第9話参照

　岩家電業も指名されていた。

　岩家は、誠に歳が近かったこともあって、気軽に誠に電話をした。

　「皐月さん、岩家電業の岩家です。ご無沙汰しています。あれから、あの『落下』っていう技をあちこちで使わせてもらいましたよ。うまくいって面白かったですよ」

　※前作『他言無用・秘密会議秘話』第8話参照

　「だめですよー、非常事態のときだけにしてくださいよ。ところで、何かご馳走でもしてくれるという話ですか？」

　「違いますよ。実は今、記念物保存会館の指名を受けたのですが、これって『話し合い』の対象なのか？　どうなのか？　と思いまして、連絡させてもらいました。どうなっているのでしょうか？」

　「あれ！　それって、指名を受けたときに、あなたの会社は指名されていませんでしたけれど、いつ指名されたのですか？」

　「あれ！　一度に指名しないで、何回かに分けてでもいるのでしょうかね？」

　「なるほど。実は投書があって、それで、業者を増やしたのかもしれません。お宅以外には、どことどこですか？」

　「それはわかりません。行ったのはうちだけでしょうか、誰にも会わなかったです」

　「おそらく、時間差をつけて呼び出しているのだと思います。あそこはそういう面倒なことをやるところですから」

　「さっきの投書ってなんですか？」

　「それは、私が決闘をしたっていうのですよ。迷惑な話です」

「誰とやったのですか？」

「だから、やっていませんよ。それで困ったのですよ」

「本当かな？　正直に言ってくださいよ」

「私はねー、虚弱体質で小心者だから、そんな荒っぽいことはしませんよ」

「まったく。よくもそういうことを言えますねー。電話だと何でも言われそうですね」

「まー、とにかく、追加で指名を受けた会社があるということですね。ありがとうございます。参考にして頑張りますよ」

「頑張りますっていうのは、その気があるということですね。それで、『話し合い』は終わっているのですか？」

「いいえ、自由競争の件名だと思っています。一部では『仲良し会』でもあるかもしれませんが、私の方は、勝手にやらせてもらうつもりです」

「そうですか。それじゃーうちも頑張ってみようかな、いいですかねー」

「いいですよ。頑張ってください」

「あぁ、そう言われると、それはそれで、困ったなー」

「どうしたんですか？」

「これって、細かい内訳書を付けるものですから、しっかり見積もりしなければならないのですよね。かなり時間がかかりそうで、面倒なんですよ。だってものすごい量だと思いますよ」

「だけど、『取る』ということになれば、仕方ないですよね」

「これは、うちでは無理なので、皐月さんの見積もりを見せてくださいよ。それを写して提出します。『取らない』っていうことでいきますから」

「なんですか。もったいない。せっかくのチャンスじゃないですか」

「いやいや、正直に言うと、もしもこの現場に入ったら、他のお客さ

んの工事が全くできなくなってしまうから、うちでは無理です」
　「そうなんですか。じゃー、見積もりができたら、お知らせしますよ」
　「助かった。よろしくお願いします」
　こういう会社もあるのである。

　こうして、3社が追加指名されたのであるが、誠が知ったのは、岩家
電業だけである。
　蘭水電工が知ったのは、岩神電工だけである。
　岩切電業が指名されたということは、誰も知らなかった。

15. 入札会場

　追加変更の設計図書が届いて、それを見積もりした。

　と、言っても、実際に行ったのは数社である。

　本気で受注する気のある会社だけである。

　誠も岩波電業も、善統電工からの資料を参考にして、書き換えたのである。

　誠が頼まれた岩家電業の岩家には、誠が作ったものを与えた。岩家はそれを、少し上乗せして作った。

　井草電業も善統電工からもらっていた。

　蘭水電工が見積もりしたものは、章桂電業、桔梗電業、青梅電業、日鉄電工、佐起電工、日風電業、岩神電工に渡っていた。

　独自で自社で行ったのは、海山電業と岩切電業である。

　指定された日時に、入札会場に入った。

　誠は、どこへ行っても、最前列の真ん中。演壇の目の前に座るようにしている。

　誰もが、この席には座りたがらない。

　誠は違う。なるべく発注者に自分（自社）の存在をアピールしたいという気持ちがある。

　入札会場に入れば、お互いに知り合いの会社同士でも、話をしない。そしらぬふりでいる。

　しかし、目だけは、指名された業者を確認している。

蘭水電工側では、岩神電工が指名されたことは知っていた。

　しかし、他の追加指名業者は知らなかった。

　善統電工側では、誠からの情報で、岩家電業が指名されたことを知っていた。

　こちらも、その他の追加指名業は知らなかった。

　さて、そこには誰もが知っていなかった会社が参加していたのである。その名は岩切電業。

　ここで初めて、追加指名は３社であることがわかったのである。

　各社が、『入札書』に金額を書き込んで、それを封筒に入れて、封をしていた。

　この封は自由で、糊付けとか、テープだとか、あるいはそれもしないというものもある。

　さすがにホッチキス止めは見たことがない。

　発注者名、入札書在中、自社名、押印がある。

　代表者以外が入札に参加するときは、『委任状』というものを添付する。これは封筒には入れない。

　今回は、『工事費内訳見積書』を提出ということなので、これも別の大きな封筒に入れて提出である。

　さらに、特別の『誓約書』の提出がある。

　発注者側が上座にズラリと並んだ。

入札執行者Ａ「全員お集まりのようですので、ただ今より入札を執行致します。各社それぞれが『入札書』『工事費内訳見積書』『誓約書』を出していただきます。なお代理人の方は『委任状』を合わせて提出して下さい」

　各社が、ぶつからないように、順序よくゾロゾロと歩いて、指定された場所へ提出した。

　箱が設置される場合もあれば、そのまま机上に置く場合がある。

入札執行者Ａ「それでは、ただ今より、開封しまして読み上げます。最低価格者が落札というのが普通ですが、今回はいちおうの発表をさせていただきまして、『工事費内訳見積書』との比較もしますので、そのままお待ち下さい。その間に、当方より貸与しました、お持ちの『設計図書』は、後ろの机の上に返却して下さい。では、発表するまでしばらくお待ち下さい」

　普通の入札であれば、最低価格者が発表と同時に落札者となるのである。

　封筒の上部にはさみを入れて、中の『入札書』を出して、順序よく並べ直して、１人が読み上げた。

入札執行者Ｂ「それでは、会社名は順不同ですが、発表致します」

　指名された業者は各自の手帳に、その金額を書き込んだ。

　会社名こそ順不同であるが、金額面では、高い方から、安い方にという順であった。

　発表を聞きながら、あちこちで小さな声が出ている。

　入札執行者の代表３人が、お互いに目配せして目で合図を交わした。

　この安値で、果たして工事が施工出来るのだろうか？　とでも思ったのか、どうなのか？　書類をまとめた。

入札執行者Ｂ「以上です。ただ今より、『工事費内訳見積書』との比較検討に入ります。これは別室で行いますので、みなさまには、このままお待ちいただきたいと思います」

　３人が書類を持って、部屋を出て行った。

　業者の方は、親しい者同士が顔を見合わせていた。

　誠は、動じていないというところを見せようとして、そのままの状態でいた。

海山電業	90,000,000 —
岩家電業	88,000,000 —
日凪電業	87,900,000 —
皐月電業	86,000,000 —
青梅電業	85,900,000 —
井草電業	85,000,000 —
桔梗電業	84,500,000 —
岩神電工	84,000,000 —
日軽産業	83,800,000 —
佐起電工	83,700,000 —
岩波電業	83,000,000 —
日鉄電工	82,800,000 —
善統電工	69,000,000 —
蘭水電工	69,000,000 —
岩切電業	65,000,000 —

　内心は、ビックリしていた。

　まさかの伏兵が、ダンピングとも思える金額で『入札』したのである。

　いや、まだ正式ではないが、まちがいなく『落札』したと思えた。

　入札執行者が２人残っているので、私語もできずに、全員が黙ったままであるが、各自の手帳をじっと見ていた。

　見積金額は、約１億円だった。

　一番の高額は海山電業であった。

　約10％引いた金額は『メンバー』を刺激しないように、無難な数字を出したのである。

　受注意欲のない会社も、15％ほど切った金額である。

　さすがに、善統電工も蘭水電工もやる気のある金額であった。

　おまけに金額が同じである『同札』である。

　しかし、まさかの伏兵・岩切電業に、してやられたのである。

入札執行者Ｃ「長らくお待たせしました。ただ今、検討の結果、岩切電
業さんの『入札書』の金額と『工事費内訳見積書』の金額が
相違ないことと、内容的にも合致するということですので
『落札者』と決定致します」

約30分待たされたが、想像したとおりに決まった。

入札執行者Ａ「それでは、岩切電業さんだけ、お残り下さい。契約書作
成に関しまして説明を致します」

これを聞いて、各社がノロノロと部屋を出て行った。

これにて、いろいろあったが、この件名は終了となったのである。

ところが…

16. 食事会Ⅳ

　善統電工の宮野から連絡が入って、残念会と反省会を食事しながらやることになった。

善統電工・宮野「この前は、いろいろとお世話になりました。本来なら、祝杯で一杯やりたかったのですが、残念なことにあの結果だったので、アルコールはありません。それに飲んだら、愚痴ばかりになりそうなので、勘弁して下さい」

岩波電業・岩波「いや、それはいいですよ。でも、３社が追加指名されていたなんて、想像もできなかった」

皐月電業・誠「うちに、岩家電業から電話があって、それでとにかく、宮野さんに電話連絡したのですよ。それ以外の情報はなかったので、そのままになってしまったのですが、会場でビックリしました」

善統電工・宮野「僕も、皐月さんからの電話でビックリしたのですが、他の情報はなかったので、それにどうせ自由競争になるから、気にすることはないと、思っていました」

岩波電業・岩波「だけど、あの３社はどうして選ばれたのかなー。発注者側との関係ある会社とは思えないのだけれど」

皐月電業・誠「あの落札した岩切電業は、安値受注で有名な会社ですから、そういう町の噂かなんかで、指名したのかと思ったのですが、あの結果発表を待っている時間に、ずーと考えていたら、あの３社に共通点があったことに気が付いたのですよ」

善統電工・宮野「それって、何ですか？」

皐月電業・誠「ええ、正直言いますと、岩神電工の社員の岩井という男の逆手をとったことがあるのですよ。それから岩切電業の岩

切は鼻血を出したのです。岩家電業は、ただ転がしただけですけれど、私と何かあった会社が指名されて入ると、思ったのです」

※前作『他言無用・秘密会議秘話』参照

岩波電業・岩波「なんだよー、真面目そうにしていて、あれこれと暴れているじゃないか。本当はもっとあるだろう」

皐月電業・誠「そんなー、私のは、自己防衛だけですから」

岩波電業・岩波「本当かなー、ちょっと怪しいなー」

善統電工・宮野「だけど、岩家電業さんとは親しそうじゃないですか。だからその共通点は該当しませんね。しかし、誰かが皐月さんのその一部を見て、発注者側に情報を入れたのかもしれませんね」

岩波電業・岩波「だけど、皐月君を攻めても、善統電工さんは痛くもかゆくもないのに、なぜ？」

善統電工・宮野「会議をしたときに、私たちは同じ意見だったのですが、建設現場に一番近いのが皐月電業さんだから、一番受注意欲が強いだろう。だから自由競争をやりたがっている。ということではないのですか。だから弊社がリーダーでことを起こしているのではなくて、皐月さんがリーダーだと思ったかも知れませんね。だから皐月さんを攻めればいい、と言う考えから誰かが投書したとも考えられますね」

岩波電業・岩波「そうかー、俺たちからすれば、善統電工さんを『チャンピオン』にと思っていても、相手側からみると、皐月君が一番欲しがっているように見えていたわけだ。それは考えられるな。そうすると、投書は２回目とか３回目とかあったのだろうか？」

善統電工・宮野「それで、皐月さんはまた呼ばれましたか？」

皐月電業・誠「なかったでしょ。だけど、もしも、そういうことで投書

があっても入札には関係ないことですから、呼び出しはない
はずですよね」

岩波電業・岩波「その情報をタレコムなり投書なりすれば、業者が『談
合』しているっていうことを教えるようなものだから、普通
はできないよな。だって俺たちだって、証拠は持っていても
提出する気は全然ないもの」

皐月電業・誠「そういうことですね。そうすると、たまたま、あの3社
が選ばれたということですか。思い過ごしかな」

善統電工・宮野「しかし、最初の投書事件で、『誓約書』を提出すると
いうことで一段落ついていたのに、少し日が経ってから、追
加指名があったのですよねー。その数日の間になにがあった
のでしょうか？　あぁー、蘭水電工さんが、弊社に言い訳に
は来ましたが、そこで"自由競争でやりましょう"となった
のだから、もうトラブルは終わったと思っていたのですが、
まだ何かあったのですよ」

岩波電業・岩波「何かのおりに、追加指名の3社をどうして選んだのか
聞いてみるよ」

皐月電業・誠「あれ、聞くことができるのですか？」

岩波電業・岩波「実は、ちょっと親しい者がいるので…」

善統電工・宮野「分からないことって、いっぱいありますねー」

岩波電業・岩波「ところで、最初の投書っていうのは、いったい誰が
やったのだろう？　誰だと思う？」

皐月電業・誠「何ですか、今ごろ。私は、蘭水電工だと思いますよ。馬
場に言われても、部下たちは策がないので、そういうことを
思いついたのではないでしょうか」

善統電工・宮野「こういうのは分かりませんね。誰かに罪をかぶせよう
としてやる者もあるでしょうし、他人の名前を使ってやるの
もあるでしょうし、指紋照合とか筆跡鑑定とかということま

ではしないから、困りますね。やってくれるといいのですが」

岩波電業・岩波「それで、この次の別館っていうのは、どうなるのかな？」

皐月電業・誠「あまりに安くやってくれるので、随意契約で岩切電業に決まるということもありますか？」

善統電工・宮野「いいえ、金額が大きいから、それはあり得ませんね。また同じ『メンバー』でやると思いますが」

岩波電業・岩波「そうすると、また今回と同じことで、また岩切電業かな？」

善統電工・宮野「岩切電業さんがどういう会社さんかは知りませんが、今回の工事で赤字になる可能性もあるし、工期が重なった場合は、手が出せないということもありますね」

皐月電業・誠「いつ頃発注される予定なのですか？」

善統電工・宮野「まだ、はっきりしませんが、そう遠い話ではありません。もう設計も終わっていますから、それに完成を急ぐ必要もありますから」

岩波電業・岩波「作戦をたててやっても、うまくいくことばかりでなくて、予想外の出来事が出てきたり、まるで戦争のようだね。いまにもっとすごいことを経験するだろうな」

　岩波の言うとおり、また予想外が待っていた。

17. 落札者変更

入札が終わって、10日を過ぎたころに記念物保存会館の事務局からの電話が入った。

「書面で送るよりも、ことが緊急を要することであるので、至急集合してもらいたい」というのである。

前回示された『メンバー』全員が集合した。

どういうわけなのか、入札の時に、席を指定されていなかったので、各々は勝手気ままに席に着いて入札を行った。

再び同じところに来たら、また同じ席に座るのである。

不思議な習慣がある。

入札執行者A「本日はご苦労さまです。緊急なことなので、書面ではなくて、電話で失礼しました。実は皆様に参加していただきました件名ですが、問題が起きましたので、集まっていただきました」

入札執行者B「実は、『落札』しました岩切電業さんが、契約ができないという事態になりました。そこで、異例ではありますが、『2番札』を入れていただきました2社さんに、再度お聞きして、その上で『抽選』なりをしたいと思います。その立ち会いということで、皆さんに集まっていただきました」

会場がざわめいた。

以前から、安値受注で有名ではあったが"アブナイ"というような噂はなかった。

何が原因で、契約ができないのだろうか？

蘭水電工・木村「すいません。その契約ができなくなったというのは、どういうことでしょうか？」

入札執行者Ｂ「それはですねー、岩切電業さんの会社の状態が、最悪状況になりまして、保証する団体もなくて、会社さえも存続が危ぶまれる状況であるということが判明致しました。その関係上『入札書』の『２番目』の方に、再度確認を致しまして、ご希望があれば、その方と契約をしたいと思っております。ところが、皆さんがご承知のとおり、『同額札』が２社ですので、両社にご希望をお聞きして、両社がご希望であるときは『抽選』をさせていただくということなのです」

　焦っているのか、同じ内容を、二度も話しているのである。

　そして、そのことを承知して欲しいということなのである。

　もしかしたら？　まさか！　という反応が出ていた。

＊

入札執行者Ｂ「それでは、お伺いします。善統電工さんはご希望があるでしょうか？」

善統電工・宮野「はい、よろしければ、受注を希望致します」

入札執行者Ｂ「蘭水電工さんはいかがでしょうか？」

蘭水電工・木村「はい、私の方も希望致します」

入札執行者Ｂ「はい、わかりました。それでは、今から２社の『抽選』のための『抽選』を行います。まず前に出てきていただきます」

　宮野と木村が前に出て行った。

　執行者の机の上に、紙撚（こより）が２本置いてある。

入札執行者Ｂ「この紙撚の末端に“先”と“後”が書いてあります。これを私が握ります。お二人で、そのどちらかを引いていただいて、“先”の方を引いたかたが、先に『抽選』できる方と致します」

執行者が手の中に紙撚を2本を持って、クルクルと擦るようにしてから、堅く握った。

入札執行者B「どちらの方からでもどうぞ、引いて下さい」

　宮野が、木村に「どうぞ」と合図した。

　木村が紙撚の片方を引いた。

　紙撚の下を見た。"先"と書いてあった。

入札執行者B「いちおう、残りを引いて下さい」

　宮野も残った1本を引いた。"後"と書いてあった。

入札執行者B「では、恐れ入りますが、立ち会いとして『3番札』で　　　　あった日鉄電工にお願いします。どうぞ前の方にお越し下さい」

　日鉄電工の又木が、立会人として2人の横に並んだ。

入札執行者B「ここに、別の紙撚があります。下に丸（○）と書いた物　　　　とバツ（×）と書いた物があります。先ほどと同じように引いてください。○印のある方が『落札者』となります。まず蘭水電工さんから選んでください。その次に善統電工さんにお願いします」

　2人が選んだ紙撚の末端を見た。

　これで『落札者』が決まったのである。

入札執行者B「では、立ち会いの方もよろしいですね。○○電工さんに　　　　決定となりました」

○○電工・○○「ありがとうございました」

　3人は席に戻った。

入札執行者B「ただ今の結果、○○電工さんが『落札』となりました。　　　　立ち会いの方に、後でサインをいただきます」

入札執行者C「本日はお忙しいところをありがとうございました。近々　　　　には別館の指名をさせていただきます」

　以上のようにして『落札者』が決定されるのであるが、違ったのであ

る。

*

弱電設備工事　内訳書					No. 67
名　　称	形状・寸法	数量	単位	単価	金額
ビニール電線	IV1.6	980	m	24	23,520
CPEV ケーブル	0.9 × 5P	575	m	165	94,875
CPEV-S-SS ケーブル	**0.9 × 5P**	**484**	**m**	**945**	**457,380**
CV ケーブル	5.5 × 4	134	m	310	41,540

入札執行者 B「そういうわけで、『2 番目』の方に契約となりますが、2
　　　　　社さんの内の 1 社に、疑問点が生じております。今から配布
　　　　　致しますコピーをご覧になっていただきますと、その事実が
　　　　　理解していただけると思います。

　各社が『入札書』と同時に提出した『工事費内訳見積書』の一部がコ
ピーされて、各社に配布された。

　CPEV － S － SS ケーブルの単価が極端に高いのである。

入札執行者 B「今からご説明を致します。そこでご理解をしていただき
　　　　　まして、『抽選』などによるものではなく『落札者』を決定
　　　　　したいということです。みなさんには、入札のときに『工事
　　　　　費内訳見積書』をいただきまして、厳重にチェック致しまし
　　　　　たところ、他社の物を写したのではないかという内容のもの
　　　　　がありました。これは誰がみても気が付く個所です。ちなみ
　　　　　に "月刊建設物価" と "月刊積算資料" も見ましたが、ここ
　　　　　単価は記載されておりません。各社が取引する電材屋さんの
　　　　　価格だと思われますが、参考に問い合わせても、そこに記載

された価格ではありませんでした。ご覧のようにその電線の価格（単価）が極端に違っています。その間違った金額が、他の会社にも、同じようにあります。それも数カ所に同じようなことがあるのです。明らかに他社の資料を丸写ししたとしか思えないです。これは、その資料を見せた会社と貰った会社が、何らかの打ち合わせをしたものだと判断できます。よって、この会社は、落札資格がないものとして、もう１社の方に決定とさせていただきます。改めて発表致します。善続電工さんを『落札者』として決定致します。それをみなさんに承知していただきたいということです」

会場内はどよめいた。

声を抑えながらも、大騒ぎである。

ほとんどが、身に覚えがあることなので、真剣である。

峙に、蘭水電工は震えた。

入札執行者Ｂ「こういうことは、発表したくなかったのですが、投書があったり『談合』のような情報もありまして、こちらの方と致しましては迷惑なことが数々ありました。せっかく『誓約書』も提出していただいたのですが、残念な結果となりました。この際はっきりとした内容で公表しようと思いまして、今日の日となりました。該当されました会社さんは、次回の指名は遠慮していただくことになります。ご承知下さい。なお、次回の入札指名がなかったときに、不審に思われる業者さんはお越し下さい。ご説明を致します。なお、写したと思われる会社さんも、写させた会社さんも同じことですので、共に遠慮していただきます。以上です。本日はご苦労さまでした」

ほとんどの会社が、写していたので、写させた方も、写した方もビックリである。

"バレてしまったかー"という雰囲気である。

この件名のように、全ての項目に金額を入れて提出ということはめったにないことであるが、このことによって異常な個所を発見したのである。

確かに、同じ所を数カ所も同じように間違っていれば、カンニングであることは証明されてしまう。

発注者側が内訳書を提出希望のときに、各種のものがある。

決まった書式はないのである。

指示された内容で、提出するのである。

○○○○電気工事内訳書		
材料費	1 式	1,000,000
工事費	1 式	2,000,000
計		3,000,000
諸経費	1 式	500,000
合計		3,500,000

○○○○電気工事内訳書		
材料費	1 式	1,000,000
工事費	1 式	2,000,000
計		3,000,000
共通仮設費	1 式	200,000
現場管理費	1 式	200,000
一般管理費	1 式	300,000
計	1 式	700,000
合計		3,700,000

```
○○○○電気工事内訳書

受変電設備工事      1 式      10,000,000
電灯設備工事        1 式      15,000,000
動力設備工事        1 式       4,000,000
弱電設備工事        1 式       6,000,000
   計                       35,000,000
申請手続き費        1 式         300,000
運搬諸経費          1 式       4,000,000
   計                        4,300,000
   合計                      39,300,000
```

　もしかしたら、『抽選』で、あるいは投書によって善統電工が疑われていて排除されるとか、自分に都合の良いことだけを考えていた蘭水電工はがっかりである。

18. 指名作戦会議

　翌日には、蘭水電工の海山営業所に5社の7人が集合した。

　蘭水電工の馬場営業部長・木村営業副長・北田営業係員、

　章桂電業の田沼営業部長、桔梗電業の南武常務、

　日鉄電工海山営業所の又木主任、岩神電工の海山営業所の岩井所長である。

章桂電業・田沼「早速ですが、申し訳ありませんでした。まさかの失敗をしてしまったお陰で、蘭水電工さんに迷惑を掛けて、本当にすいませんでした」

桔梗電業・南武「うちも同じことで、申し訳なかったです」

蘭水電工・木村「いったい、どうしたのですか？　困るなー」

章桂電業・田沼「実は、お宅からいただいた見積書を部下に渡して、"ところどころを変えて、うまく調整しろ"って言ったのですが、運悪く、肝心な項目は、全く変えずに、そのまま移し込んでしまったのです。それも2カ所ともなのです」

桔梗電業・南武「うちも全く同じことで、おたくで間違った個所をそのまま写してしまったのです。すいませんでした」

蘭水電工・木村「うちで作った見積書を全部変えたのではなくて、一部の変更だったのですか。それでああなったのですか」

日鉄電工・又木「自社の単価価格を入れれば、ああならなかったのに、何で、一部だけを変えたのかなー」

岩神電工・岩井「うちは、全部を自社の価格に変えて、経費をあれこれ調整して、入札価格を合わせたのです」

蘭水電工・馬場「うちが間違った単価を入れたのが、原因だけども、ま

さかのことをしてくれたもんだ。それで他の会社はどうだ？」

章桂電業・田沼「はい、青梅電業さんに聞きましたところ、摩崎さんの話では、"全部を書き換えたから、自分のところは大丈夫だ"と言っていました。日風電業さんにも聞きましたら、日風さんも青梅電業さんと同じ返事でした」

蘭水電工・木村「佐起電工さんには、私が聞きました。"全部自社価格だから、問題ない"という回答でした」

日鉄電工・又木「そうだろうなー、普通は、自社価格を入れるのが本当だろうな。なんで、一部だけだったんだろう？」

桔梗電業・南武「すいません。楽なことを考えてしまったのが、マズかったのですよ。申し訳ない」

章桂電業・田沼「うちも、全くいっしょで、楽なことを考えてしまって、恥ずかしいです」

蘭水電工・馬場「もう、過ぎてしまったから、どうしようもないけれど、そうなると肝心なことは、次回の指名がもらえないのは、うちと、章桂電業さんと桔梗電業さんの３社ということだな」

蘭水電工・木村「はい、今の話が間違いないならば、その３社となります」

蘭水電工・馬場「うーむ。困ったなー、どうしようか。お宅たち２社を責めるわけでもないけれど、別館の方は、設計協力をしているから、なんとしても『取りたかった』んだが、困ったなー」

岩神電工・岩井「次回の別館の件名には、間違いなく、今の話の３社は指名されないでしょうか？」

日鉄電工・又木「言いにくい話だけど、あの怒り方からみると、本気でしょうね」

章桂電業・田沼「それは、間違いないと、私覚悟していますが、蘭水電工さんがそれじゃー困るので、私の方で、謝罪に行くのはど

うでしょうか？」

蘭水電工・馬場「謝罪にって…どういうこと？」

章桂電業・田沼「ええ、"今回の件名は、工事量が多くて、見積もりも
たいへんだったので、蘭水電工さんの見積もりを無理に頼み
込んで見せてもらいました。それでミスをしました"という
ことを、発注者側に謝罪を兼ねて弁解してくるということで
すが」

日鉄電工・又木「そんなことをして…ますます怪しまれませんか？」

章桂電業・田沼「だけれども、何もしないよりはいいように思えます
が」

日鉄電工・又木「いや、逆に、何もしない方がいいんじゃないかな」

桔梗電業・南武「実は、私も田沼さんと同じようなことを思っているの
ですが、他にいい方法でもありますか？」

蘭水電工・馬場「みんな。今の話をどう思う？　何かしたらいいか？
それとも何もしない方がいいか？」

蘭水電工・木村「それは、何かした方がいいんじゃないですか」

蘭水電工・馬場「じゃー、何をする？」

岩神電工・岩井「まさか、蘭水電工さんから"見せたらミスされた"と
は言えないし。言ったら『談合』したと思われるし、やっぱ
り、章桂電業さんか桔梗電業さんが、出掛けて行くのがいい
のですかねー？」

日鉄電工・又木「いやいや、それも怪しまれるよ。"見せてくれと頼ん
だら見せてくれた"っていうのが、そもそもおかしいもの」

　意見はあっても、結論は出ない。

　時間ばかりが過ぎていく。

蘭水電工・馬場「何かないのか。考えろ！」

　イライラし始めた馬場がどなった。

　全員が、黙ったままである。

蘭水電工・馬場「どうしたら、うちが指名をもらえるんだ！」

　またも馬場がどなった。

蘭水電工・木村「はい。僕が行きます。申し訳ないですが、章桂電業さ
　　　　　　　んか桔梗電業さんに被害者になってもらって、"やる気がな
　　　　　　　いので、面倒だから見積書を見せて欲しいと頼まれて、仕方
　　　　　　　なく見せました。そうしたら、ああなりました"って言って
　　　　　　　きます。うちの方から頼んだのではないということを強調し
　　　　　　　ようと思うのですが、どうでしょうか？」

　前にも弁解に出掛けているので、そういうことに抵抗がないのか、木
村が言った。もちろん上司のどなり声に反応する面もあった。

蘭水電工・馬場「やっぱり、それしかないのか。その場合に、章桂電業
　　　　　　　さんと桔梗電業さんのどっちがいいんだ？」

章桂電業・田沼「そういうことになれば、さっき私が言いましたよう
　　　　　　　に、私の方で結構です」

桔梗電業・南武「いやいや、章桂電業さんだけというわけにはいかない
　　　　　　　ので、私も一緒にして下さい」

日鉄電工・又木「待って下さい。その２社が、というと、お二人さんが
　　　　　　　『談合』して、ということになりますよ」

蘭水電工・北田「今の２社だけが『談合』してとなれば、うちには影響
　　　　　　　なくていいんじゃないですか？」

　さっきまで、黙って座っていたかと思ったら、急に話した。

蘭水電工・馬場「それじゃー、お前。全てをこの２社がやったことにす
　　　　　　　れば、ことが納まると思うのか」

蘭水電工・木村「それはだめだよ。お前といっしょに、この前に伺っ
　　　　　　　て、この２社の弁明をしてきたじゃないか。その話がひっく
　　　　　　　り返るから、ますますうちの信用がなくなることになりかね
　　　　　　　ない」

　なんでも気楽に考える木村が、またも失言であった。

日鉄電工・又木「やっぱりねー、ここはへたに動かない方がいいと思い
　　　　　　　ますよ。他の方法を考えましょうよ」
　長時間かけても、名案はなくて、終わったのである。

　一夜明けたら、馬場の頭に名案が浮かんだ。
　翌日になってから、日鉄電工の又木を呼び出した。
　そして、とんでもないことを言い出した。
　それでも、子分の又木はそれを聞き入れた。
　部下の木村には、設計事務所に泣きつくように指示した。
　木村は、すぐさま設計事務所に走った。
　部下の北田には、章桂電業と桔梗電業の代わりに、青梅電業と海山電
業を利用するように指示した。
　北田は、うまく『談合』ができるようにして欲しいと２社に頼みこん
だ。
　蘭水電工の作戦会議は、あくまでも諦めることをしないという、徹底
的な受注作戦を展開し続けた。

19. 食事会Ⅴ

　善統電工が無事に受注出来て、正式な契約も終わったころに、電話が誠に入った。

　宮野が、誠と岩波にご馳走をしたいというのである。

　"そういう気遣いはいりません" と誠が言うと、

　"そう言われると思って、先に岩波さんに電話したら、了解をもらったので、ぜひとも来て欲しい" とのことである。

　3人がそろって、無事落札のお祝いである。

　ニコニコしながら、上機嫌で反省・感想・学習などの話題で賑やかなのである。

善統電工・宮野「蘭水電工さんの失敗のお陰で『取れた』というのはラッキーでしたよ。あれは蘭水電工さんの見積書をどなたかが写したのでしょうね」

岩波電業・岩波「馬鹿だよなー、そっくり写したのだろうか？　普通は自社価格を入れるだろうに」

皐月電業・誠「あれが、大項目だけの見積書なら、分からなかったのでしょうが、入札で全項目に価格入れるというのは初めてだったですが、量が多かったから、面倒だったのでしょうね」

　民間の工事では、全ての材料を書き出して全てに単価を入れるが、『入札』のときの『内訳書』は、指示された項目だけである。

岩波電業・岩波「皐月君はどうやって作ったんだね？」

皐月電業・誠「私は、善統電工さんの見積書は参考で、材料は自社価格を入れて、工事費は近い金額にして、経費を調整して、あの入札価格にしました。岩家電業さんには、それをまた変えた

物を作って、それを渡しました」

岩波電業・岩波「そうかー、岩家電業とかっていう会社から頼まれたって言っていたけれど、それも作ったんじゃー面倒だったな」

善統電工・宮野「そうでしたね。お手数かけました。われわれは、まさかのミスはなかったということですよね。ミスがあったのは何社くらいあったのでしょうか？」

岩波電業・岩波「まさか"連合艦隊"の全部が同じミスをしたとは思えないけれど、最低は1社あったということだが、おそらく2社はあったと思える。推測だけど」

皐月電業・誠「会社ごとに資材の購入価格は違うはずだから、そっくり写したら、変ですよね。おそらく他人任せの作業だったのでしょうね」

岩波電業・岩波「それはいえる。現場を知らない女子事務員とかなら、電線の価格なんか知らないから、そのまま書き込むことも想像できるよ。やっぱり、重要なことは自分でやらないといけないな」

皐月電業・誠「それじゃー、お二人とも、ご自分でやられたのですか、それはそれは恐れ入ります」

＊

　独自で他社の見積書を参考ともしないで自社で行ったのは、海山電業と岩切電業である。

　岩切電業は、受注意欲が強く、必死で作ったということである。

　海山電業は、社員数が多く、その積算専門部門を持っていた。

　戦後誕生した海山電業は、3人集まると、1人の係長を作り、ひとつの係を作る。また係ができる。その係が3組できると課を作る。その課が3組できると部を作る。というようにピラミッドのように組織を作っていった。そして大きくなった。

　皐月電業は、それができなかった。しなかった。

その昔、松島という専務がいた。あるときに、集金に出掛けて、その集金した金を全部持って逃げた。持ち逃げである。

　"専務さんが言ったから、間違いないと思って集金をお任せしました"

　このことがあってから、社員に肩書を付けなくなった。

　その先に肩書を付けた者は、身内以外は２名だけであった。

　これによって、組織の組み立てはできずに、それ以上に大きくならなかった。

＊

岩波電業・岩波「俺はさー、ここのところ、皐月君の忍法以来"作戦"というのに凝ってしまって、いろいろ本を読んだよ。やっぱりなー"謀（はかりごと）は密なるをもって良しとする"とかってことだから、機密文書は自分でやるべきだな」

善統電工・宮野「それはどういう本ですか？」

岩波電業・岩波「聞いて驚くなよ。"武経七書（ぶけいしちしょ）"っていうのがあって、中国における兵法の代表的古典とされる七つの兵法書のことで、『孫子』『呉子』『尉繚子』『六韜』『三略』『司馬法』『李衛公問対』とあるなかの、『孫子』『呉子』をまず読んだよ。次に読むのが、風林火山で有名な『甲陽軍鑑』なのさ」

皐月電業・誠「あぁー、すごい。軍師ですね。これからの作戦はよろしくお願いしますよ」

善統電工・宮野「そうですか。私は上司に勧められて"現代企業に活かす軍隊組織"『作戦要務令』と『統帥綱領入門』の２冊を読んでいます。似ていますねー」

皐月電業・誠「その『孫子』の兵法は忍術の元なんですよね。『作戦要務令』の中の最初の方に"必勝の信念堅く"と"攻撃精神充溢せる"という文章が出てきますが、その言葉が好きです」

岩波電業・岩波「おぉー、読んでいるじゃないか。さすがだねー。今ま

で、ただその状況に合わせていたというか、特別な意欲というものもなかったのだが、今回の蘭水電工が"連合艦隊"を組んでいるのと、リーダーをとろうという態度と、なんといっても投書には、いささかやる気がでてきたというか、今の"攻撃精神と必勝の精神"は、自然と湧き出てきたよ。いいよー、次の敵を見つけたいよ－」

善統電工・宮野「ちょっと…岩波さん、平和第一ですよ。これで、次の別館には蘭水電工さんは指名されないから、次は、金額さえ頑張れば『取れそう』ですから、もう敵はいないですよ」

岩波電業・岩波「ちょっと寂しいけれど、それが本来だから、まーいいか」

皐月電業・誠「私が思うのに、もしかすると、私と岩波さんは、次回の別館の件名については指名されないような気がするのです。そのときはご一緒できませんが、宮野さん頑張ってくださいね」

岩波電業・岩波「なんだ、皐月君は、あの投書のせいで、俺たちは指名されないと言うのか？」

皐月電業・誠「はい、けんか両成敗ではないですが、問題があったということで、除外すると想像します。ただし善統電工さんは、設計などのお手伝いをしてきていますし、現在施工中ですから、工事の関連もあって、絶対に指名はあると思います」

善統電工・宮野「でも、決闘なんていう証拠はなかったのですし、そのことについての指名のことは説明がなかったのですから、気にしなくてもいいと思うのですが」

岩波電業・岩波「そう言われると、そうかもしれない。とも思うが、どうせ俺のところはやる気がないからいいよ」

善統電工・宮野「いや、お二人には、是が非でも最後までお付き合いしてもらいたいと思います。指名除外なんてないように祈りま

す」

皐月電業・誠「まー、期待しないで待っていますよ。いちおう次の指名
　　　　　　があったら、連絡してくださいね。どういう業者が指名され
　　　　　　て、どこが除外されたかを知りたいですから」

岩波電業・岩波「そうだな。指名を受けたら、指名のあったところが電
　　　　　　話をするということで頼むよ。俺も知りたいよ」

善統電工・宮野「大丈夫ですよ。この３人組は大丈夫ですよ」

　もう、すっかり安心気分で、全てが笑いながらの会話であった。
　しかし、この平和気分が続くのは長くはなかった。
　また、蘭水電工が動いたのである。
　そのまま、止まってはいなかったのである。

20. 別館の指名

　しばらくして、皐月電業は別館の指名を受けたのである。

　誠としては、別館の指名はないと思い込んでいたからビックリであった。

　早速にも善統電工の宮野に電話をしようと思ったのだが、その前に岩波電業の岩波に電話をした。

　同じく、岩波電業も指名を受けていた。

　そして、宮野に電話した。

　宮野の話によれば、宮野も指名を受けたが、なんと蘭水電工も指名を受けたらしい、ということであった。

　なんでも、設計事務所からの情報らしい。

　日鉄電工の又木が、発注者のところに出向いて、前の件名の話をしたという。

　それは、"自分がこの件名を欲しかったので、他の会社を排除したくて、投書とか、章桂電業と桔梗電業を扇動したりした"というのである。

　"受注する気がないような素振りで、蘭水電工へ行って、机上にあった設計書を隙をみて、こっそり勝手にコピーしてきた"のだという。

　そして、"そのコピーを章桂電業と桔梗電業に配った"のだという。

　"これは会社というよりも、自分自身が手柄が欲しくて、勝手にやったことである"という。

　まるで自首のようなことをしたのだそうである。

　その結果、蘭水電工には全く関係のなかったかのようになったのである。

蘭水電工は"その疑いで、本館の工事が受注出来なかったのであるから、別館には指名されるように"ということが、設計事務所から依頼もあって、指名されたのだという。

ビックリ以上のことが起きたのである。

まるで、その筋の人が、身代わりに出頭したような話である。

発注者自体が、半民半官のような団体のために、『指名停止処分』というようなことはなくて、ただ今回の指名をしなかった、ということで終わったようである。

これも、信じられない話である。

そして、日鉄電工の又木が、"各社に謝罪に行く"のだという。

しかし、そんな連絡はもらっていない。

そして、記念物保存会館別館の現場説明会が行われた。

指定日時に誠は『現説』に出席したのである。

何が気になるかというと、『メンバー』である。

発注者から指名を受けたのは、大手支店業者が4社と県内の中部地区近辺の地元業者が7社の計11社である。

善統電工・勝間支店、蘭水電工・海山支店

佐起電工・海山支店、岩神電工・海山支店

中部地区・花木市＝青梅電業、皐月電業、岩家電業

中部地区・海山市＝海山電業、日風電業、

東部地区＝井草電業、

西部地区＝岩波電業、

以上の11社が今回の件名の指名業者であり、

前回と比べて指名されなかった会社といえば、

前回落札はしたものの、倒産した岩切電業

自首してきた、日鉄電工・海山支店

　おそらく、見積もり丸写しの、章桂電業、桔梗電業

　以上の４社が今回指名をされなかった業者である。

入札担当者「前回発注の本館工事においては、数々の問題点がありまし
　　　　　たが、その方は、いちおうの解決を致しました。しかしなが
　　　　　ら、完全に証明されたというわけではありません。まだまだ
　　　　　究明しなければならないことがあるのですが、完成予定時期
　　　　　が限られていますので、同じように発注を致します。今回
　　　　　は、別館の工事であります。前回と同じように、念のため
　　　　　に、各社に『誓約書』の提出をお願い致します。これは入札
　　　　　当日に、『入札書』と同時に提出をお願い致します。なお、
　　　　　この度の入札でも、当方で作りました『設計内訳書』に、全
　　　　　ての金額を入れていただいた『工事費内訳見積書』を同時に
　　　　　提出していただきます。その『工事費内訳見積書』と『入札
　　　　　書』の金額が同じにしてください。そして『見積内訳書』の
　　　　　合計金額から値引きしたという入札金額は認めません。くれ
　　　　　ぐれも合計金額から値引きのない『工事費内訳見積書』であ
　　　　　ることをお忘れなく。以上でございます。本日はご苦労さま
　　　　　でした」

　疑問点はあるものの、いちおうの解決として、次のステップに入った
というわけである。

　どうして『メンバー』の総入れ替えとか、追加とかをしなかったのか
が不思議である。

　入札方式は、前回と同じであることの説明である。

　各社が、お互いの顔を見合わせながら、目と目で話をしているかのよ
うな仕草で退室した。

岩波電業・岩波「おーい、皐月君、俺は帰るぞー、またなー、寄り道す

　　　　るんじゃないぞー」

　岩波が、誰にも聞こえるように、大声で誠に向かってしゃべった。

皐月電業・誠「わかりました。忙しいので帰りますよー」

　誠も、大きな声でしゃべった。

　これは、蘭水電工がまた集合をかけるのを拒むための防御のためである。

　実は、このときに前回と同じように、蘭水電工は全員を集める予定でいたのである。

　しかし、この大きな声で、声を掛けにくくなってしまったのである。

海山電業・島木「皐月さん、ちょっといいかな？」

　車に向かう誠に島木が近づいてきて、声を掛けた。

青梅電業・摩崎「皐月さん、私もちょっと、話があるんだけど、いいか
　　　　なー」

　その後ろから、摩崎も近づいてきた。

皐月電業・誠「なんですか？」

海山電業・島木「摩崎さんごめんね、先に話させてもらいます。今回の
　　　　ことって、皐月さんはどう思うのかって、聞きたくて」

青梅電業・摩崎「なんだ、実は私も、同じことを聞こうとしているんだ
　　　　よ」

皐月電業・誠「今回のことって、今日のことですか？」

海山電業・島木「それもあるけれど、前回も含めて、ここの発注のこと
　　　　なんですよ。どう、電設会館へ行きませんか？」

青梅電業・摩崎「私もその方がいい。行こうよ」

　花木電設会館へ３人が入った。

　いつも『談合』に使う和室で、座布団に座った。

青梅電業・摩崎「この際だから、正直に言うよ。実は指名を受けたら、

すぐにも蘭水電工から電話があって、"みんなを集めてくれ"って頼まれたんだよ。だけど、"それは無理だ"と言っておいた。それで、もしも集まったとしたら当然、前と同じような意見だろうね」

海山電業・島木「そうかー、俺のとこにも、全く一緒だよ。俺としては、もううんざりなんだけど、いちおう"話はしておくよ"と言っておいた。どうせ、この帰りには"やっぱり無理だった"て言っておくんだが、しつこいよ」

青梅電業・摩崎「島木さんが先に言ったから言うのじゃないけれど、私もうんざりなんだよ。正直に言うと、最初は蘭水電工に頼まれたんだけど、成り行きを見ていると、"こりゃ無理だ"って感じて、それからは、付き合っていないんだよ。私も"無理だった"って言うんだけれど、だからその集まるというのはないけれど、皐月さんは、この別館はどういう意見?」

皐月電業・誠「私は、前回と同じく、自由競争でやりますよ。それは私だけでなくて、岩波さんもそうだと感じるし、今度何かあったら、他の役所から、本当の指名停止が来るかも知れないから」

海山電業・島木「そうなんだよ。そこは俺も同じなんだよ。ところが、蘭水電工の言い分は、"前回に2番手でチャンスがあったのに、疑惑だけで無視された。だから今回の件名は自分のものだ"って言っているんだよ。しつこいんだよ」

青梅電業・摩崎「それは、私にも言っていた。だけど、さっきの説明では、真っ白ではなくて、灰色っていう感じだったから、諦めたとは思うのだけど、確かにしつこいよ」

皐月電業・誠「章桂電業と桔梗電業が指名から外されたということは、元の資料は蘭水電工だと思うけれど、何で蘭水電工は指名されたのだろうか?　あるところから聞いたんだけど、日鉄電

工の又木が何だかしたとかしないとか言うのだけど、変だ
ね」

青梅電業・摩崎「私も蘭水電工から聞いたよ。まー、想像だけど、身代
わりだろうね」

皐月電業・誠「身代わりって、あの筋の人たちの代理出頭ですか？　信
じられない。だって、指名停止になるかも知れないんだよ。
よほどいいプレゼントがあるなら別だけど」

海山電業・島木「あるんじゃないの。あるかもしれないよ」

皐月電業・誠「すごいね。親分と子分だね」

青梅電業・摩崎「確かに。付き合っていれば、知らないうちに子分扱い
にされてしまう。だから私は付き合いたくないんだよ」

皐月電業・誠「これは、真っ白にするために、私と岩波さんが持ってい
る証拠を資料として提出したら、どうなるのだろうか」

海山電業・島木「だから、それをされてもいいように、身代わりを立て
たんだと思う。ここだけの話だけど」

青梅電業・摩崎「大丈夫。みんなそう思っているから。私もそう思う
よ」

皐月電業・誠「もしも、日鉄電工の又木が、自首っていうか、名乗り出
たとしたら、あの岩波さんは何をするかわからないよ。投書
の時からすごいもの。きっと"投書だけは違う"と言って逃
げるだろうけれど、彼の前では言い訳は通用しないと思う
よ」

青梅電業・摩崎「確かに、あの人はすごいよ。それで、もしも又木が本
当に自首していたとしたら、皐月さんはどうする？」

皐月電業・誠「私もどうするかわからないけれど、その辺を岩波さんに
確かめてもらうよ」

海山電業・島木「岩波さんは、そういうことができるの？」

皐月電業・誠「あの人は、あの団体とは深い関係があるのだそうです。

だから決闘だのけんかだのと言われても、問題なかったのだと思う。私も助かったけれど。そういうことがなければ、この別館の指名ももらえなかったと思う」

青梅電業・摩崎「そうだろうな、あの会社だけが、現場から一番遠いのに、何で指名されたのかなーって思っていたんだけど、今わかったよ。なるほどねー。蘭水電工ではそれを知っているのかなー」

海山電業・島木「いいことを聞かしてもらったよ。それ、ちょっと使わせてもらうよ。それを蘭水電工に言えば、もう無駄な動きはしないと思うよ。いずれにせよ、みんなが集まって、なんて無理だよね。今度岩波さんを怒らせたら、全員が指名停止になりかねないないよね」

青梅電業・摩崎「私も今聞いて、良かった。うっかり声を掛けたら、また証拠を取られて、こっちが指名停止にされちゃう。蘭水電工に私も言うよ」

　蘭水電工は、章桂電業と桔梗電業の代わりに、海山電業と青梅電業に、『談合』の誘いを頼んだのである。

　岩波を恐れて、先に、少しでも近づきやすい誠に声を掛けたのである。

　話してみて、意外な事実を聞いて、驚いた様子である。

　この誠からの情報は、この2社から蘭水電工へ伝わった。

　発注者側と懇意とか深い関係とかを聞かされたら、うかつなことはできない。

　得意の作戦会議をしたくても、子分の日鉄電工・章桂電業・桔梗電業が指名を受けていないので、真剣に付き合ってはもらえそうもない。

　それでも諦めないのが蘭水電工である。馬場である。

馬場部長の部屋に部下が入ってきた。

蘭水電工・木村「部長、大変です。今、海山電業の島木からの電話で、皐月電業は相変わらず、駄目だそうです。そして、あの岩波は発注者とかなり深い関係なんだそうです」

蘭水電工・北田「部長、今、青梅電業の摩崎から電話がありました。皐月は話に乗らないそうです。それから、岩波は発注者とは親密な仲だそうです。その関係でしょうか、又木のことも知っていたようです」

蘭水電工・馬場「やっぱりそうか。皐月は動かないか。それに岩波が……そうだったのか。それはうかつだった」

　一度成功すると、また同じことをするのが人間である。

　馬場は、ひとつの作戦をバージョンアップして、次から次にあの手この手を考えた。

　そして、岩神電工の岩井所長を呼び出した。

蘭水電工・馬場「聞くところによれば、皐月にひどい目に遭わされたんだたそうで、そのままにしておくつもりかい？」

岩神電工・岩井「とんでもない、いつかやり返してやりたいと思っているのだが、さて、どうしたらいいものかと、いつも思っていますよ」

蘭水電工・馬場「それはいい根性だ。男はそうじゃなくちゃならない。そうかといって警察のお世話になるようじゃー能がないよな。何か良い知恵は浮かぶのか？」

岩神電工・岩井「悔しさは、忘れられないから思いは続くのだけど、何をしたらいいのかが浮かばないのですよ」

蘭水電工・馬場「逆の発想をしたらどうなんだ。例えば、本当の被害者になってしまうとか、ということさ」

岩神電工・岩井「それはどういうことですか？」

蘭水電工・馬場「本当に殴られてしまうとか、けがとかすれば、訴えられるじゃないか、負けても勝つ！　ということだよ」

岩神電工・岩井「それは勘弁して下さいよ。そんなことしたら、ますます弱い者として、レッテルを張られて、男としては生きにくくなりますよ」

蘭水電工・馬場「そうかー、一度やられているからな。それじゃー、あいつが困ることをするしかないな」

岩神電工・岩井「何が困るでしょうかね？　とっさには浮かばないけれど、何かありますか？」

蘭水電工・馬場「あるさ。俺たちが一番困るのは、入札に間に合わないということだよ。そうすれば『入札書』は提出できないから、不参加で受注はできない」

岩神電工・岩井「それはそうですが、病気とかけがをすれば、『代理人』を変更して入札参加をするから、無駄ですね」

蘭水電工・馬場「一番良いのは、その当日だが、良い方法があるんだよ」

岩神電工・岩井「だけど、別館の件名は皐月電業ではなくて善統電工だから、皐月は関係ないでしょう」

蘭水電工・馬場「真面目な話、別館も善統電工だと思うかね？　俺は違うと思う。今度は皐月か岩波だと思う」

岩神電工・岩井「えー、善統電工ではないのですか？」

蘭水電工・馬場「善統電工はいちおう受注出来たから、それに協力した2社に遠慮してお礼のつもりで譲るように思える。この2社では、現場に近いのが皐月だから、本命は皐月電業で間違いないと思う」

岩神電工・岩井「じゃー、その3社はつるんでいるということですか？」

蘭水電工・馬場「バラバラのように見せているが、まとまっていると思う」

馬場の頭の中では、自分自身がそういうことをしているので、ライバルも同じだと思い込んでいる。

岩神電工・岩井「じゃー、その皐月に何をしたらいいのですか？」

蘭水電工・馬場「いくら現場に一番近い会社といっても、それは直線上のことで目の前ではない。道路は曲がりくねった上り坂で、実際には時間がかかる。おそらく出社しないで、入札会場に直行すると思う。もし、会社に寄ってきても、自宅を出てからパンクがあったら、どうする」

岩神電工・岩井「どうするって…タイヤ交換して、来るでしょうね」

蘭水電工・馬場「当然そうなると思うけれど、それには時間が掛かるだろう。それだけでも、あいつは急ごうとしてヒヤヒヤしながら、あわてて作業をすると思う。ざまーみろだ」

岩神電工・岩井「それでも、早めに出発するだろうから、間に合うでしょうね。でもそんなこと本気で考えたんですか？」

蘭水電工・馬場「いやいや、そうじゃないのだが、あいつを懲らしめるのに、何かいい手はないものかと考えていたら、自分が若いときに経験したことを思い出したので、今、話をしたのだが、俺はそのときに、時間に間に合わないかもしれないと思って、焦ったよ。本当にヒヤヒヤしたよ」

岩神電工・岩井「そういう経験があったのですか。確かにそんなときは、他の用件と違って、焦りますよね。いずれにせよ、あいつを相手にするのは、そういう遠回りの方法しかないのかも知れませんね。正面からではとてもとても」

結局、名案は出てこないで、雑談で終わった。

しかし、この冗談だと思うような話が、岩井の頭に残った。

もちろん、馬場は、それとなく遠隔操作のように洗脳したのである。

絶対的命令でもないのだが、確かに困るだろうなと思い込むと、腹い

せで実行したくなったようで、岩井は誠の自宅を下見に来た。

　玄関前の開放型のカーポートを確認した。

　“これなら”という気持ちになってしまった。

21. 食事会Ⅵ

　誠・岩波・宮野の３人は、別館の指名を受けたら、お互いに連絡しあうことを約束していたので、お互いに電話して、"まず『現説』に行ったら、そのまま帰社すること"という約束がしてあった。

　そして、その翌日に食事会となった。

岩波電業・岩波「昨日、皐月君に青梅電業と海山電業が近づいたようだったけれど、また誘われたのかい？」

皐月電業・誠「そうなんですよ。やはり蘭水電工に頼まれたそうですよ。でもあの２社ともに、"無理だ"と言ってやったそうです。本当か嘘かは知りませんが、"蘭水電工の言うことは聞きたくない、うんざりだ"というようなことを言っていました」

善統電工・宮野「章桂電業さんと桔梗電業さんが抜けたので、今度は青梅電業さんと海山電業さんですか。やはり子分でしょうかね」

皐月電業・誠「そこまで親密な関係ではなくて、表面だけの付き合いのように感じました」

岩波電業・岩波「その章桂電業と桔梗電業が指名がなかったということは、例の丸写しの本人ということだよな。だけど、見せたのは蘭水電工だと思うけれど、どうして蘭水電工が指名されたんだろう？」

善統電工・宮野「それは、分かりましたよ。蘭水電工さんが、設計事務所に頼み込んだようです。それも、"全ての犯人は日鉄電工の又木がやったことで、自分たちは被害者である"ということを言って、泣きついたそうです。設計事務所がそれを聞い

て、発注者側に頼んだということのようですよ」

岩波電業・岩波「その日鉄電工の又木というのが、全ての犯人というのを説明して下さいよ」

善統電工・宮野「日鉄電工の又木が、発注者のところに出向いて、"自分がこの件名を欲しかったので、他の会社を排除したくて、投書とか、章桂電業と桔梗電業を扇動したりしました。受注する気がないような素振りで、蘭水電工へ行って、机上にあった設計書を隙をみて、こっそり勝手にコピーしてきました。そしてそのコピーを章桂電業と桔梗電業に配りました。これは会社というよりも、自分自身が手柄が欲しくて、勝手にやったことです"という自首にも似たようなことをしたのだそうです」

岩波電業・岩波「何だって！　嘘だろう！　馬鹿なー」

善統電工・宮野「その結果、"蘭水電工には全く関係がなかったのに『抽選』もなくて、本館の受注のチャンスをもらえなかったのだから、ぜひとも別館の指名をして欲しい"と設計事務所からの依頼もあって、指名されたのだ聞きました」

岩波電業・岩波「そういう手をつかったのか。汚いやつだ。ますます敵対意識が沸いてきた」

皐月電業・誠「まるで、別世界の身代わり出頭だと思うのですが、それならそれとしたときに、投書っていうのが又木が犯人であるなら、それはほっておけませんね」

岩波電業・岩波「そうだよ。そうと解れば、一発ガツンと懲らしめてやらないと、気がおさまらない」

善統電工・宮野「そうなんですよ。ですが、この情報は、"絶対に漏らさない"という条件で聞き入れた情報ですから、いくら犯人と分かっても、その本人に言えば、"どこから聞いてきた？"と言われて、そのときに弊社が困るので、内緒にしていただ

　　　　　きたいのです。お願いします」

岩波電業・岩波「そう言われてしまうと、どうしようもないのだが、い
　　　　　まいましい話だよ。犯人が分かったというのに」

皐月電業・誠「そうかな。私は犯人は蘭水電工だと思いますよ。だって
　　　　　身代わり出頭なんだから」

岩波電業・岩波「そうか、そうだったな」

善統電工・宮野「とにかく、あれやこれやと、いろいろ考えて攻めてき
　　　　　ますね。普通じゃないですよ」

岩波電業・岩波「どういう兵法書を読んでいるのか、知りたいよ」

皐月電業・誠「違いますよ。兵法ではなくて、悪知恵ですよ」

善統電工・宮野「それでですねー、お二人には、大変お世話になりまし
　　　　　て、本館の工事を受注出来たのですが、今回の別館の件名
　　　　　は、もしも『ご希望』があるようならば、弊社の方は『遠
　　　　　慮』するつもりでおります。いかがでしょうか？」

岩波電業・岩波「えぇー、なんで？　どうして？」

皐月電業・誠「そうですよ。なぜですか？」

善統電工・宮野「蘭水電工が怖いからというのではなくて、逆にギャフ
　　　　　ンといわせるためには、お二人の方が効果があることがわか
　　　　　りました」

皐月電業・誠「どういうことですか？」

善統電工・宮野「前回の入札で、弊社も蘭水電工さんも同じ金額でした
　　　　　が、これが限界だと言うことです。しかし、内緒で調査した
　　　　　ところ、落札した岩切電業さんの金額は、弊社よりも経費が
　　　　　少なかっただけでした。材料代も工事費もあまり変わりはあ
　　　　　りませんでした。会社の規模から想定すると、大会社より小
　　　　　さい会社の方が経費は掛からないはずですから、岩切電業さ
　　　　　んの金額はいい加減な金額ではなくて、ちょうどいい金額

だったともいえるのです。そこで、今回の別館も弊社も蘭水電工さんも、前回と同じような金額が出ると思われますが、蘭水電工さんはリベンジで、もう少し安値でくると思われます。しかし、われわれ大手よりも、地元の方はそれより経費が掛からないということであれば、岩切電業さんのように落札できるはずです。失礼な言い方になってしまいますが、要するに、お二方には同じことがいえると思われます。ですから、せっかくのチャンスですから、思い切った金額を出して、受注したら良いかと思うのです」

岩波電業・岩波「話としては納得するけれど。それって、善統電工さんは今回の件名は受注意欲はないということかな？　どうですか？」

善統電工・宮野「ありますよ。弊社の部長ですが、お二人に感謝しておりまして、"今回の件名は弊社が遠慮して、お二人に受注する機会を与えたい"と話しておりまして、それと、実はこの関係件名がこれから全国で発注されます。しかしそれには、もう蘭水電工さんは参入してこれないと思われます。ですから、この件名で終わりです。ここで、弊社が必死で戦わなくても、他のところで必ずや受注をしていきますから、ここは普通に戦おうと決めました。ですから、蘭水電工さんよりも安価な金額が出せるならば、受注出来ます」

皐月電業・誠「"もう蘭水電工さんは参入してこれない"っていうのはどういうことですか？」

善統電工・宮野「以前に、お二人が作った証拠品ですが、あの話を部長に話しました。部長はあの内容をそっくりそのまま設計事務所に話をしたのです。その結果、設計事務所から発注者側に、あの話は伝わりました。そして理解をしてもらえたそうです」

岩波電業・岩波「あれが役に立ったというわけだね」

善統電工・宮野「はい、そのとおりです。そして設計事務所が、蘭水電工さんとの交流を切ったそうです。今後は付き合いたくないということですから、“もう推薦はしない”ということですから指名はもうなくなるはずです。彼らには今回の件名が最後です。これは内緒ですよ」

岩波電業・岩波「だんだんわかってきた。そういうことですか。しかし、そう言われても」

皐月電業・誠「もしも、岩波さんが本気であるならば、私は『遠慮』しますよ、頑張ってみたらいかがですか」

岩波電業・岩波「いや、そう言われて、“はい、ありがとう”とは言わないよ。善統電工さんもいちおう受注予定の金額は入れるでしょう？」

善統電工・宮野「はい、しっぽを巻いて逃げたというかたちはとりたくないので、前回レベルの金額を入れます。でも、それでは『落札』しないと覚悟はしています」

皐月電業・誠「では、具体的に言うと。岩波さんと私が、そのレベル以下の金額を入れれば、蘭水電工と競争価格になるという可能性があるということですね」

善統電工・宮野「はい、しかし、前回の岩切電業さんのような会社が、また出てくるかもわかりませんから、その３社だけの戦いとは限りませんよ」

皐月電業・誠「それって、なんとしても指名を受けたいという行動から見て、蘭水電工は絶対的に『取る』気の金額を入れてきますよ。だけど、善統電工さんは、それに抵抗しないで、前回と同様の金額を入れると。普通なら蘭水電工が落札します。それでは面白くないから、われわれが戦って欲しい、とも聞き取れるのですが、そう思ってもいいのですか」

善統電工・宮野「正直に言いますと。その通りなのです。他社に『取られる』なら、お二人に受注していただきたいのです。けしかけるわけではありませんが、やる気はありませんか？」

岩波電業・岩波「よくわかったよ。しかし、俺としては、皐月君と争う気はないよ。それなら皐月君に譲るよ。もしも、その安価な金額でも皐月電業さんとして仕事になるなら、頑張ってみる必要もあるけれど、どうだね」

皐月電業・誠「そうですか、それはありがとうございます。民間工事に比べれば、ダンピングしても利益は出ることはまちがいないので、仕事にはなりますが、岩波さんがいるのに、それを差し置いてというのは、私にはできませんね」

岩波電業・岩波「そんな気遣いはいらないよ。建設現場に一番近いところにいるのだから、チャンスだと思う。だけど、第２の岩切電業はあり得るよな。でも、これはしょうがない。初めから自由競争っていうことを言っていたんだから。やるだけやってみたら」

善統電工・宮野「私の推測ですが、民間受注よりも、公共事業の受注が多い会社は、ダンピングが怖くてしません。現在の『メンバー』から推測すると、それができるのは、ちょうどお二人だと思われます。おそらく、今回は、蘭水電工さんの金額以下の会社はないといえます。ですから、思い切ってがんばれば、受注できるはずです」

皐月電業・誠「よーく、わかりました。では、こうしませんか。各社で見積もりをする。自分で好きな金額を入れる。この中の誰が受注出来ても、恨みっこなし。どうですか？」

岩波電業・岩波「なるほど。そうだよな。見積もりをしないことには、得意な作業なのか、どうなのか。材料が安く買えるかと、経費とかはわからないものな。それによって、受注しようとす

るか、しないかを各社が自由に考えて、お互いの相談なしで
入札に臨む。これって、本当の自由競争でいいじゃないか。
そうしよう。だから、善統電工さんが消えたというわけでは
ないんだよ。理想的だよ」

『談合』の仲間が、『談合』なしの相談をしているのである。
それでいて、和やかなのである。
不思議な食事会である。

誠にとっては、非常にうまい話ではあるが、善統電工がダンピング受
注を逃げて、誠たちに受注させる。
それによって、蘭水電工をいじめることができる。
という考え方だとも思えるのである。
すなわち、代理戦争の特攻隊になるようなものである。
それでも、卑怯なことをするわけではなく、正々堂々と戦うのである
から引け目はない。
誠は見積もりに真剣に取り組むことにした。

その見積もりに取り組んでいるときに、岩家電業の岩家から電話が
入った。「皐月さん、また別館の方の指名をもらったのですが、どうし
たらいいでしょうか?」
「どうしたらって、受注したければ安く、その気がなければ高く、と
いう金額を提示するだけですよ」
「それはわかっているのですが、実は、青梅電業の摩崎から電話が
あって、"あんたはどうするつもり?"って言うのですよ。前にあいつ
にひどい目にあっているから"今度は頑張る"って言ったら、"これは
蘭水電工さんのものだから諦めた方がいい"って言うのですよ。どう
なっているのですか?」

「そんなことを言っているのですか？　それっていつの話ですか？」

「あの説明会のあった次の日だと思いますよ」

「それって、変だなー、あの日に、私にはもう自由競争でやりましょう、というような話をしましたよ」

「ほら、そういうふうに、相手をみて話を変えるのですよ。皐月さんの前では逆らわずにハイハイと言うのではないですか、僕の前では命令のような言い方に変わるのですよ」

「そうなのかなー、話をすると、みんなが言うほど悪くはないように思うのだけど」

「ぜんぜん違いますよ。今度その現場を見せたいくらいですよ」

「そうですか、それで、彼の話を無視して自分の思うようにやればいいのだと思いますよ」

「そういうつもりですが、あいつにガツンと〝弱い者いじめをするな〟とかって言ってやってくださいよ」

「私がですか？　それは難しいですね。私はおとなしくて、思ったことの十分の一しか言えない気の小さな男ですから」

「何言っているのですか？　あれで十分の一ですか？　あれで？」

「そうですよ。あれでも十分の一ですよ。我慢もしているし」

「あれで我慢ですか？　信じられない。やたら暴れているようなイメージがあるんだけれど」

「それはねー、あなたの幻想です。もしかしたら睡眠不足かもしれませんね」

「もう、参っちゃうなー、かなわないですよ。それでですね、前のように見積書をもらえませんか？　面倒だから」

「いいですよ。だけども、この前のどこかの会社のようにミスのないように頼みますよ。そして前回のように、私の見積書はあくまでも参考見積ですから、正しいものではありませんよ。それをいくらの金額に変えるかは御社の自由ですから。私の方から〝いくらにしろ〟とは言って

いませんからね」

「それでいいですよ。前回はもらったものより高めに出したのですが、いい金額でした。今回もそのつもりですから、本当に頼みますよ」

「わかりました。それで話は変わりますが、岩切電業さんが倒産するっていう噂は聞いていたのですか？」

「それですが、そういう噂はなくて、突然だったと思うのですが、今から思うとあのとき既に"変だった"と気が付くべきでした」

「何がですか？　どういうこと？」

「数カ月前ですが、僕が女房と飲みに出掛けた店で、座敷には各テーブルごとに衝立があって、隣の客の顔は見えませんが、その隣の席から女の泣き声が聞こえたのですよ。僕がそれを聞こうとすると、女房が"やめろ"って合図するので、無視していたのですが、その客が帰るときに"誰だろう"って顔を見たら、岩切の社長だったのですよ。女は若い娘でした。きっとあのときに経済的に無理があって、その女との別れ話をしていたんだと思います」

「いつも安値受注だったけれど、女に金を使うほど余裕がなくなったということですか」

「岩切さん自身は、もう倒産することはわかっていたから、事前にあれこれを処理するつもりだったのだと思います」

「そうだったのですか」

「そういう話って、あまり他人に話さないし、まさかそれが倒産の予兆とは気が付きませんよね」

「そうですね。その現場を見ても、それが倒産するだろうから、身辺整理をしているという連想はしませんね」

「後で知ったのですが、それは会社の女子社員なんだそうです。その女が経理をみていて、社内事情がわかっているから、事前に話をしたとも考えられますけれど」

「そういうこともあるでしょうね」

「よくわからないけれど、突然の倒産でしたね」

「ありがとう、それでは、十分な睡眠をとって待っていて下さい」

　こうして、親しく会話できる業者もあれば、うっかり冗談も言えない業者もある。

　誠は、いつものように公共事業入札用の見積書を作成して、次に自社の見積書を作成し、さらに、この岩家のための見積書を別に作成するわけである。

　いちおうの信用はしても、油断はできないので、一定に高くするのではなく、各所を同じ比率にならないように高くするという面倒があるが、それほどの苦労もないので引き受けたのである。

　さて、岩家がいくらの『入札書』を提出するのやら、予想はつかない。

22. 別館入札

見積もりはできたのである。

しかし、入札金額をいくらに設定するかに悩んだ。

それが決まれば、諸経費を調整して、入札書類は完了なのである。

前回の件名は、見積価格が約1億円だったのである。

蘭水電工も善統電工も、それを、約30％引きで狙ったのだが、岩切電業の35％引きに負けたのである。

善統電工	69,000,000	－
蘭水電工	69,000,000	－
岩切電業	65,000,000	－
	（本館の入札金額）	

今回は、それ以上の値引きが想像できるのである。

誠の見積金額は、約7千万円である。

さて、これをいくらにしたらいいものか？

岩家電業から"見積を見せて欲しい"という依頼があったが、今回は"前回のように内訳書のミスが懸念される"ということにして、総額だけを多めにして伝えた。

入札当日となった。

昨夜、誠は見積もりはしたものの、受注しようか？　どうしようか？ということを、もう一度真剣に考えた。

蘭水電工がどのくらいダンピングしてくるのだろうか？

『最低制限価格』がないのであるから、いくらでも安ければ、受注出

来るのであるが、そうかといって、赤字がわかっているものをわざわざ受注することもない。

『入札書』に書き込む金額を何回も何回も考えていた。

悩んで悩んで、ようやく決断して金額を決めた。

もう変更のできないように『入札書』に金額を書き込んで、封筒に入れて、のり付けをした。

そうこうしているうちに、夜中となって、結果は朝寝坊をした。

あわてて起床して、出社しないで、そのまま入札会場へ直行することにした。

自宅から、乗用車に乗って出かけた。

片側1車線で、歩道はないような田舎の山道である。

目的地の入札会場までの道は、この道しかないのである。

後ろからも車が繋がっていた。

なぜか？　ハンドルが左に動くのである。

うっかりすると、歩道側のガードレールに当たりそうな危険を感じた。

ハンドルを右にきるように力を入れて、車が左に向かないように気を遣って運転しているのだが、それがだんだんと左に左に大きく動くように感じてきた。

"もしかして、パンクなのでは？"

誠の頭の中は、困った・どうしようということしか浮かばない。

入札会場まで、残り6キロメートルほどの所。入札時間の約30分前である。

このまま走れば、間に合うが、タイヤ交換をしていたら、間に合わないかもしれない。

どこまで、このまま運転ができるのだろうか？

不安があるので、いつものように走れない。スピードが少し遅くなる

後続の車からクラクションの音が聞こえる。

　停車してタイヤ交換をしたくても、左側がガードレールだから、左に車を寄せても作業ができない。

　どうしよう、どうしようということばかりで解決策が浮かばない。

　とにかく、なるべく入札会場に近いところまで走行するしかない。

　ただこれだけである。

　もう限界か！！！と思ったときに、左側のガードレールが終わって、その切れたところに空き地が見えた。

　息いっきりに左にハンドルを切った。

　車が止まって下車すると、タイヤはペチャンコになる寸前だった。

　"何が原因だろう？"

　タイヤを見ると、有刺鉄線が刺さっていた。

　棘の部分を中心に左右は約１センチずつ針金が残っていた。

　真っ茶色に錆びた物で、針金をペンチで切ったような跡はなく、自然劣化とも思える状態であった。

　おそらく、ボロボロに錆びていたので、棘の部分が短くなっていて、タイヤのゴムチューブにギリギリ刺さっていたのかもしれない。

　だから、一気に空気が抜けないで、ジワジワと抜けていたのかもしれない。

　残り、後４キロメートルほどである。

　歩けば、約１時間。時間は残り約２０分しかない。

　タイヤ交換の時間はない。作業していたら間に合わない。

　絶体絶命！なのか。

　"何で、朝寝坊をしたのか。馬鹿野郎"と自分を責めてもしかたない。

　誠は、トランクを開けた。

　中には、折りたたみ式自転車が入っているのである。

　すぐさま組み立てて、走った、走った。

　誠は現場調査とか、監督に出掛けるときのために、常備品として、いつも、折りたたみ式自転車を車載していた。

　現場に車が置けないときは、車を駐車場に入れて、自転車を利用するのである。

　時間ギリギリで入札の部屋に入った。

　誠がいつも座る、最前列の中央席。やっぱり座りにくいのか、空いていた。

　何食わぬ顔で、着席はしたが、息が弾んで、ゼイゼイという感じである。

　おそらく、後ろから全員が、それを見ていたことだろう。

　しかし、その事情は誰も知らなかった。

　前回と全く同じように、発注者側が上座にズラリと並んだ。

入札執行者Ａ「全員お集まりのようですので、ただ今より入札を執行致します。各社それぞれが、『入札書』『工事費内訳見積書』『誓約書』を出していただきます。なお代理人の方は『委任状』を合わせて提出して下さい」

　各社が、ぶつからないように、順序よくゾロゾロと歩いて、指定された場所へ提出した。

入札執行者Ａ「それでは、ただ今より、開封して読み上げます。最低価格者が落札というのが普通ですが、今回もいちおうの発表をさせていただきまして『工事費内訳見積書』との比較確認をしますので、そのままお待ち下さい。その間に、お持ちの設計図書は、後ろの机の上に返却して下さい。では、発表するまでしばらくお待ち下さい」

　封筒の上部にはさみを入れて、中の『入札書』を出して、ひとまとめにして、１人が読み上げた。

入札執行者Ｂ「それでは、会社名は順不同ですが、発表致します」

青梅電業	55,900,000 −
海山電業	59,000,000 −
岩家電業	65,500,000 −
蘭水電工	**47,900,000 −**
岩波電業	49,500,000 −
善統電工	50,000,000 −
井草電業	65,000,000 −
岩神電工	64,000,000 −
佐起電工	63,700,000 −
日風電業	63,400,000 −
皐月電業	**47,900,000 −**

指名された業者は各自の手帳に、その金額を書き込んだ。

今回は全くの順不同である。

発表を聞きながら、あちこちで小さな声が出ている。

たまたまだったのか、皐月電業の金額が、最後に発表された。

同時に、「おぉー」という声が複数出た。

入札執行者の代表３人が、お互いに目配せして目で合図を交わした。

提出した『入札書』の金額と『内訳書』の内容の照合である。

入札執行者Ｂ「以上です。ただ今より、『工事費内訳見積書』との比較
　　　　　検討に入ります。これは別室で行いますので、みなさまに
　　　　　は、このままお待ちいただきたいと思います」

３人が書類を持って、部屋を出て行った。

業者の方は、親しい者同士が顔を見合わせていた。

誠は、動じていないというところを見せようとして、そのままの状態
でいた。

内心は、ビックリしたが、まさか？　という気持ちの方が強かった。

『取れなくても』いいから、という諦めの気持ちがあったのだが、自分が最低価格者であり、また『同札』であることがわかって、"どうぞ間違いなく決定となりますように"という祈りの気持ちが出ていた。

入札執行者Ｃ「長らくお待たせしました。ただ今、検討の結果、蘭水電工さんと皐月電業さんの『入札書』の金額と『工事費内訳見積書』の金額が相違ないことと、内容的にも合致するということですので、『抽選』によって『落札者』と決定致します」
　約30分待たされたが、まず、書類は審査を合格した。
　後は、『抽選』である。

入札執行者Ｂ「ただ今より最低価格者の２社による『抽選』を行います。まず先に『抽選』のための『抽選』を行います。お二方は前に出てきてください」
　誠は、最前列に座っているのですぐに立って前に出た。
皐月電業・誠「皐月電業です」
　誠は、執行者の目を見て会社名を言った。
　後ろの方から木村が出てきた。２人が並んだ。
入札執行者Ｂ「では、恐れ入りますが、立会として『３番札』であった岩波電業にお願いします。印鑑を持って、どうぞ前の方にお越し下さい」
　岩波も前に出て行って、３人が並んだ。
入札執行者Ｂ「ここに、既に作りました『あみだくじ』があります。どちらでも構いませんので、選んでください。それから、必要であれば一本でも二本でも、横線を加えてください」
　誠も木村も追加の横線を書き入れなかった。
　執行者が２人が選んだ線をたどった。
　紙の末端を折り返してあった。そして開いた。

入札執行者Ｂ「では、立ち会いの方もよろしいですね。皐月電業さんが先となって、蘭水電工さんが後になります」

　執行者の机の上に、新品の鉛筆が２本置いてある。

入札執行者Ｂ「この片方の末端が赤くなっています。これを私が握ります。お二人で、そのどちらかを引いていただいて、赤色のついて入る方を『落札者』と決定致します」

　執行者が手のひらに鉛筆２本を持って、クルクルと擦るようにしてから、堅く握った。

　前回は紙撚（こより）であったのに、今回は鉛筆となった。

入札執行者Ｂ「では、皐月電工さんから引いてく下さい」

　誠が鉛筆の片方を指先でつかんだ。引こうとした。

入札執行者Ｂ「それでよろしいですか？　変更してもいいですよ」

　いったん決めたものを変更するのは嫌だったが、何かを感じた。

　執行者が硬く握っているのである。

　すーと、簡単に引けるような感覚がなかった。

　柔らかいものを探すかのように、誠の指が横の鉛筆の方に移動した。

　選択を変えたのである。

入札執行者Ｂ「では、皐月電業さんはそれを持ってそのままにしておいて下さい。そして蘭水電工さんは、もう片方の鉛筆を持って、同時に引いて下さい」

　２人はゆっくりと鉛筆を引き抜いた。

　誠は恐る恐る鉛筆の下を見た。赤色がついていた。

入札執行者Ｂ「ただ今の結果、印の付いて入る方を引いたのは、皐月電業さんですので、こちらに決定となります」

　運が良かった。

　それだけであるのだろうか？　鉛筆の感触？

入札執行者Ｂ「では、立会人の岩波電業さんは、こちらの書類に、〝立ち会って間違いなかった〟という証明の署名と押印をお願い

　　　　します」
　岩波が署名して印鑑を押した。
入札執行者Ｂ「では、席にお戻り下さい。『抽選』の結果、皐月電業さ
　　　　んを『落札者』と致します。本日はご苦労さまでした」
　改めて、会場にざわめきが起きた。
入札執行者Ａ「それでは、皐月電業さんだけ、お残り下さい。契約書作
　　　　成に関しまして説明を致します」
　これを聞いて、各社がノロノロと部屋を出て行った。
　これにて、いろいろあったが、本当に終わったのである。

　入札会場に遅刻してきたとか、時間ギリギリに来たとかという業者が
『落札』することが多々ある。
　あわてて、その場で金額を書き込んだり、本当は２回目のときに提出
する予定の『入札書』を１回目で提出したり、ということが原因の『誤
入札』である。
　発注者側は、誰が『チャンピオン』かは知らないのであるから、その
まま最低価格者を落札者とする。
　業者の方は『談合』をして決めたことが間違った結果になったから、
『誤入札』となる。

　今回の誠の行動は、時間ギリギリで入室して、息を切らした身体が肩
を上下していたから、後ろから見ていた者たちには、『誤入札』したん
だと思った者もいた。

　契約書の説明を聞いた誠は、手に持ちきれないほどの書類を渡され
た。
　各社に配布した、『設計図書』の全部をもらったのであるから、大き
なカバンとか、風呂敷でもなければ、持ち運びは困難である。

誠の場合は、いつも車に紐を積み込んでいた。これならどのような量でも縛って持てるからである。

　あわてて入札用のカバンだけを持っての入場であったが、紐は忘れてこなかった。

　荷物をまとめて帰ろうとしたときに、声を掛けられた。

入札執行者B「皐月さん、もしお時間がよろしければ、ちょっとお時間をください」

皐月電業・誠「はい、わかりました」

入札執行者A「実は、ずーっと、お宅に聞こう聞こうとはしていたのですが、ちょっと、聞きにくいことだったので、黙っていたのですが、お願いを聞いてもらえませんか」

皐月電業・誠「なんでしょうか？」

入札執行者A「実は、あるところからの話なんですが、お宅で『談合』に関する証拠のようなものを持っているとかということなのですが、できたら、ご提供できないものでしょうか？」

　善統電工の部長が、設計事務所に話をしたというのは聞いているから、そのことだと直感した。

皐月電業・誠「えぇー、ですが、私は無理にも呼び出されて出席しただけで『談合』そのものには参加していませんよ。まさか、その資料によって、契約無効っていうことになりますか？」

　前回のことがあるだけに、誠は困った。

　提出してもいいが、本人もそこにいたことには間違いないからである。

　これが、本日『落札』していなければ、気軽に応じたのであるが、そうではないから、不安が先立ったのである。

入札執行者A「大丈夫です。あれだけ安くしてくれたのですから、ぜひとも工事をやってもらいたいと思っています。実は、私ども

ではこれからも同じような発注をするのですが、そういう世界の実態というものが分かっていないというか、知らないものですから、聞けばそのまま信用するだけという知恵しかないのです。今回は勉強になりましたので、もう少し勉強しようかと思うのです」

皐月電業・誠「そうですか。私がその物を持っているということをご存じだということは、もうかなりの情報が入っていることだと想像ができます。今回は終わったこととして、次回の発注に役立たせるということであるならば提供します。今日は持っていませんが、この契約書を持参するときに、一緒に持って参りますが、それでもよろしいでしょうか？」

入札執行者Ａ「そうしてもらえますか。急ぎません、そのときで結構です。やはり情報があったりしても、それが真実なのかどうかを確認しませんと、誰もを疑うことになるので、それは助かります」

入札執行者Ｂ「本日の鉛筆引き、なかなか良かったですね」

そう言いながら、『抽選』を行った執行者が笑った。

誠は、あっ！　と思った。

感じた。分かった。

皐月電業・誠「本当にありがとうございました」

誠は、深々と頭を下げた。

　情報収集と勉強、本当だろうか？　ちょっと気になる面もあるが、逆に隠せば、誠までも疑われそうであるので、承諾した。

　恐らく、岩波にも、同じ話はいっていると想像できた。

　自転車に乗って、車を駐車したところまで戻った。

　車に荷物を積み込んでいるところに、農家の方が現れた。

「その車の持ち主は、あんたかね？」

「はい、私の車です」

「さっき、一人が来て、車の周りをグルグル回って見ていて、そのまま帰ったから、変なやつだなーと思ったら、今度はあんたかね」

「あのー、車がパンクしてしまったので、こちらに置かせていただいて、この自転車で目的地まで行ってきました。勝手に無断で置かせてもらって、申し訳ありませんでした」

誠が、その事情と謝罪をした。

「いちおう、あんたの名刺をおいていきなよ。後であれこれあると困るから」

誠が名刺を出した。

「なんだ、延太郎さんとこのもんかね。それならいいよ。じゃータイヤ交換を手伝ってやるよ」

なんと、誠の父親を知っている方であった。

親切にもタイヤ交換を手伝ってくれた。

「ご親切にありがとうございました」

「さっきのやつが、何か傷つけたとか、盗まれたとかないかね。なければいいが、昔あんたのおやじさんに世話になったんだよ。お袋さんに俺の名前を言って、元気でいると伝えてくれ」

何か文句を言われるとばかり思っていたのだが、全く違った。

今度、契約書を提出にくるときには、手土産を持ってこようと思った。

23. 反省会

翌日には、蘭水電工の海山営業所に5社の7人が集合した。

蘭水電工の馬場営業部長・木村営業副長・北田営業係員、

章桂電業の田沼営業部長、桔梗電業の南武常務、

日鉄電工海山営業所の又木主任、岩神電工の海山営業所の岩井所長である。

別館の落札ができなかった反省会なのであろうか、次回の悪だくみなのだろうか、よく作戦会議をする集団である。

蘭水電工・馬場「一体どうなっているんだ。あれほど、"今度は皐月が狙ってくる"って言っておいたのに」

桔梗電業・南武「北田さんから聞いたのですが、本当は、誠は『誤入札』だったのではないですか。うちも同じことをやったことがあるのですよ」

　　　　　※前作『秘密会議・談合入門』第45話参照

蘭水電工・木村「確かに、時間ぎりぎりに入って来て、息を切らせたように、肩を上下していた。よっぽど焦って、走って来たのだとは思ったけれど」

蘭水電工・馬場「じゃー、誠が『2番札』を『1番札』として出したということか」

桔梗電業・南武「そういうことも考えられる、ということですがね」

章桂電業・田沼「あの誠が、時間ギリギリっていうのはおかしいですね。彼は、いつでも『現説』も『入札』も30分くらい早く現着していますよ。そういうことは聞いたことがありませんねー」

日鉄電工・又木「そういわれれば、確かに、いつもそうだ」

皐月電業	47,900,000 −
蘭水電工	47,900,000 −
岩波電業	49,500,000 −
善統電工	50,000,000 −
青梅電業	55,900,000 −
海山電業	59,000,000 −
日凪電業	63,400,000 −
佐起電工	63,700,000 −
岩神電工	64,000,000 −
井草電業	65,000,000 −
岩家電業	65,500,000 −
（別館の入札結果・全額順）	

蘭水電工・馬場「入札結果を、安い順に書き出してみると、誠がいなければ、うちが『取れた』んだよ。だけどな、『最低制限価格』設定されていないのだから、『2番札』っていうのが、そもそも存在しないじゃないか」

章桂電業・田沼「それって、2種類用意してあって、どちらにしようかなの判断を誤って、安い方を出してしまった、ということもありますよ」

蘭水電工・馬場「それはないだろう、初めから『取る』気で来ていたと思う。この数字がそれを証明している」

蘭水電工・木村「善統電工は諦めたのですか、それとも彼らが話し合って皐月に決めたのですか。それとも本当に自由競争だったのですか」

蘭水電工・馬場「善統電工の前回の金額から想像すれば、うちと同じような金額が出せるはずなのだが、そうでないということは、やる気がなかった。そして彼らは仲間ではなかったというこ

とか？」

蘭水電工・木村「ちょっと変だと感じたことですが、入札が終わった帰り道で、誠の車を発見しました。あいつは契約書作成の説明を受けていたから、当然われわれより遅くて後からくるのですが、もう先に車が置いてあったから、変だなーって思ったのです」

岩神電工・岩井「あぁー、やっぱり気が付きましたか。実は俺はあいつの車の横に自分の車を駐車して、あいつの車を見たんですよ。そうしたら、左前のタイヤがパンクしていてペチャンコでしたよ」

蘭水電工・木村「そうすると、あそこから会場まで歩いてきたか？　走ってきたか？　ということですね。だから息が上がっていたんだ」

蘭水電工・馬場「おぉー、岩井君、やったのかね？　よくやった。もう少しだったな、惜しい」

章桂電業・田沼「何の話なんですか？」

蘭水電工・馬場「いや、べつに…」

岩神電工・岩井「難しいものですね…」

蘭水電工・馬場「又木君、悪かったなー、嫌な役を頼んで、今度は面倒見るから、この穴埋めはするから、約束するから、勘弁してくれ。それと田沼ちゃんも南武ちゃんも悪かったね」

　馬場の話している内容は、その本人だけしか分からないものであった。

桔梗電業・南武「善統電工ですが、前回の金額で懲りて、今回は逃げたかも知れませんね。今度は『話し合い』には乗ってくるんじゃないですか」

章桂電業・田沼「そうですよ。われわれの話に乗ってくれば、本館は別としても、別館はうまい金額で『取れた』かも知れなかった

のに、馬鹿ですねー」

日鉄電工・又木「皐月だって、あんな金額じゃー赤字だろうし、これに
　　　　　　　懲りて、次回は言うなりになることでしょう」

蘭水電工・馬場「そうだな。ハハハハ」

　馬場が考えた悪知恵は全てが実行されたのだが、どれも成功とはいえ
なかった。

　蘭水電工は、自分たちの知らないところで、善統電工達が動いている
ことは全く気が付くこともなく、今回だけが失敗で、後は全てがうまく
いくという気分でいた。

　まだまだこの "連合艦隊" はそのまま続行するのであった。

＊

　誠から岩波電業の岩波に電話をした。

「岩波さん、お陰でいただきました。ありがとうございました」

「おぉ、頑張った金額だったけれど、損のないようにやってくれよ。
とにかく、蘭水電工が『取れなかった』というだけで、気分は良かった
ぞ。ところで、入札会場になかなか現れなかったから心配したぞー、朝
寝坊でもしたのか？　それに車がなかったけれど、タクシーか何かで来
たのか？」

　誠が、車のパンクの話をした。

「それって、走行中に拾ったのか？　それとも誰かのいたずらか？
それでも無事で良かったよ。俺も折りたたみ式自転車を買っておくよ、
いいことを聞いたよ」

「それで、契約の時に、例の証拠品を提出することになったのですが、
了承して貰いたいのです」

「それかー、今、うちにも連絡が来て "皐月電業さんが提出するので、
お宅も提出をお願いします" って言われたよ。そう言われてしまっては
断れないから、提出することに了承した」

「私が勝手に、先に決めちゃったので、気になっていたのです。すみません」

「いちおう、善統電工にも伝えておいた方がいいと思う。俺の分も合わせて、頼むよ」

野武士の荒武者はいつもさっぱりしていた。

「それからなー、前にお宅の道場へ行ったときに、宿題をもらったけれど、その答えが出たから、その証拠品を提出する日にお邪魔するよ」

「なんでしたっけ？」

「ほら、赤穂浪士と新撰組が何で勝ったか？　というやつだよ」

「あぁー、あれですか。もう答えがわかっちゃったのですか」

「絶対に正解だと思う答えだから、たのしみにな」

＊

続けて誠は善統電工の宮野に電話した。

「本当に『取る気』のない金額でしたね。お陰で弊社が落札できました。ありがとうございました」

「いえいえ、御社の努力の結果ですから、ぜひ頑張ってください、それと、いつも早く現着する皐月さんが遅かったので、どうしたかと心配しましたよ。朝寝坊でもしたのですか？」

岩波と同じことを言われた。そして同じ説明をした。

「そうだったのですか。私も気をつけますよ」

「実は、例の『談合』の証拠品ですが、御社からの説明だけでは　理解できないのか？　納得してないのか？　わかりませんが、"勉強のために欲しい"って言われました。仕方なく提出することにしました。承知してください。私がそう言ったものですから、そのまま岩波さんにも連絡がいって、彼も提出することにしたそうです。それも合わせて連絡します」

「すみません。それは助かります。実は弊社の部長の話は聞いてくれたのですが"信用はするけれど、後後のためにしっかりとした証拠が欲

しい"と言われていて、弊社も皐月さんたちの許可もないのに、もらっ
たコピーとはいえ勝手に渡すわけにもいかなくて、困っていました。そ
うしていただければ、弊社の話が真実であることが証明されるので、こ
ちらにすれば願ったり叶ったりです。よろしくお願い致します」

　相変わらずの紳士ぶりである。

＊

　岩波電業の岩波が証拠写真を発注者に提出した帰り道に、皐月電業に
寄った。

岩波電業・岩波「今、届けてきたよ。そうしたら３人が来て、"その写
　　　　　真を見ながら説明をしてくれ"っていうのさ。見ればわかる
　　　　　はずなのに聞くから、仕方なくあの時の状況を説明したんだ
　　　　　よ」

皐月電業・誠「そうだったのですか。実は私も提出したら"一緒に聞き
　　　　　ましょうって"っていうから、聞きたくもないテープをまた
　　　　　聞きました。そうしたら"また説明して欲しい"というので、
　　　　　"聞いた通りです"というのに、その前後のこととか、また
　　　　　尋問のように聞かれて、弱りました」

岩波電業・岩波「全く一緒だな。確認確認再確認という感じだな。これ
　　　　　で完全に理解したと思うよ」

皐月電業・誠「善統電工の部長の話だけでは信用しないというのもわか
　　　　　るけれど、善統電工がわれわれのコピーを出せば、もっと早
　　　　　く理解させることができたのに、変に堅いのですね」

岩波電業・岩波「それはさー、俺たちは自分のことはわからないけれ
　　　　　ど、宮野さんだって俺たちのことを怖がっていて、後々を考
　　　　　えて躊躇したのだと思うよ。こんな優しい俺を」

皐月電業・誠「冗談でしょうー、その顔で」

　この証拠の写真とテープの提出によって、発注者側は、間違いなく蘭

水電工が子分のような会社を使って、あれこれ工作したことと、嘘の言い訳をしたことを完全に把握した。

　そして、以降の発注件名には指名を一切行わなかった。

　同時に、その関係で疑わしい会社も指名をしなかったのである。

岩波電業・岩波「例の宿題だけどわかったぞ。答えは簡単だった。"突き"だろう」

皐月電業・誠「そうなんです。正解です」

　岩波が解説した。

　赤穂浪士は討ち入りのときに、短い槍を持って、次々に突きまくったようである。

　新撰組も切るというよりも"突き"を多用したようである。

　どちらも室内での戦いで、刀が鴨居に当たって止まってしまうことを懸念して、"突き"を採用していたようである。

　振りかざして切るよりも、"突き"の方は短時間で攻撃できるのである。

岩波電業・岩波「答えを出すのに、すぐ分からなかったのは、実は俺のやっている柳生流には、その"突き"というのが重視されていないのだよ。だから使っていないから、頭から離れていたんだよ。ボクシングだってフックよりストレートの方がわずかに早いものな」

皐月電業・誠「いくつかの本を読むと、そういうふうに書いてありますね。間違いなくそれが正解だと思います。さすがです。それからもうひとつは？」

岩波電業・岩波「あれ？、ということは、答えはふたつってこと？」

皐月電業・誠「そうなんです。もうひとつあるのですよ。それも全く共通していますよ」

岩波電業・岩波「俺は、その“突き”の発見だけで、他は考えなかった
　　　　　　　のだけれど、参った。それは教えてくれ」

皐月電業・誠「新撰組も赤穂浪士も、複数の人間で１人に向かっていっ
　　　　　　　たのです。一対一では戦っていないのですよ」

岩波電業・岩波「そうかー、“技は突き”で“戦法は複数戦”なのか。
　　　　　　　そうだったのかー。参った」

皐月電業・誠「刀を振り回せば、同士討ちの可能性がありますが“突
　　　　　　　き”だと、その可能性は低いですよね」

岩波電業・岩波「そのとおりだよ、歴史解明お見事。その複数で攻撃す
　　　　　　　るっていうのが、例の“連合艦隊”だよな。なるほどねー」

　このように、この二人は、武道のこととなると、夢中になっていた。
他に趣味はないのか！　というほどであった。

　そして、今回の件名を振り返って、二人だけの反省会を行ったのであ
る。

　　　　　　　　　　　　　　　＊

　誠が、他社と話をして受注したのは、“宮原トンネル”の受注と今回
だけである。

※前作『秘密会議・談合入門』第23話参照

他のほとんどが、一人の判断で単独で行動したのである。

　こうして、今回は『談合』ばかりでなく、本当の『仲良し会』で受注
したのであった。

　　　　　　　　　　　　　　　＊

岩波電業・岩波「それで、教えてもらって、さらに教えて欲しいことが
　　　　　　　あるのだが、聞いてもらいたい」

皐月電業・誠「私が教えるだなんて、もうないですよ。ここまでの知恵
　　　　　　　で全部です」

岩波電業・岩波「真面目に聞いてもらいたいことなのだが、実は俺には
　　　　　　　子供がいないのだよ。いやできなかったのだよ。それで、一

番上の兄貴の子供が女の子で1人いてそれを俺たちの子供に
したんだよ。それは、兄貴夫婦が家族でドライブに出かけ
て、交通事故にあって、残念なことに兄貴の夫婦は他界した
んだよ。それが奇跡的にもその子が無事で、それでその子を
引き取って、俺たちの子供にしたんだよ。そして兄貴の会社
は俺が引き受けたのだけれど、正式な後継者はその子なんだ
よ。だけど後継者にしたくても現場系の職業だから無理だと
諦めていたんだが、ここのところ、皐月君との交流があっ
て、家でその話をしていたんだよ」

皐月電業・誠「あれ、私の噂話をしていたのですか」

岩波電業・岩波「娘が『談合』の話を聞いていて、とんでもないことを
　　　　　　　言い出したんだよ」

皐月電業・誠「娘さんが、『談合』はやめなさいと言いましたか」

岩波電業・岩波「そうじゃない。反対なんだよ。"自分もやりたい"っ
　　　　　　　て言うんだよ」

皐月電業・誠「女がですか？」

岩波電業・岩波「ちょっと話が長くなるけれど、付き合ってくれ。昔ヤ
　　　　　　　クザの名言に"仕事があれば、全てを満足する"っていうの
　　　　　　　があるのだが、まさに名言であり、哲学だよ。女だから現場
　　　　　　　は無理でも営業はできる。仕事さえ受注できれば、現場は社
　　　　　　　員がやってくれる。女でも『ルール』を知れば『チャンピオ
　　　　　　　ン』になれる。ということなんだよ」

皐月電業・誠「うーむ。確かに。納得はしますが」

岩波電業・岩波「ありがとう。まず理解をしてもらっただけでもうれし
　　　　　　　いよ。さて、そこでだよ、そこで試合をするには、まずルー
　　　　　　　ルを知って技を使うというわけだが、『談合』という試合を
　　　　　　　するにも『ルール』を知らなければならない。しかし知って
　　　　　　　いるだけでは駄目で、それを実行するためには『ルール違

反』の者と戦うという体力も必要なんだよ。だけどしょせんは女だから男にはかなわない。そこで“技”が必要となる」

皐月電業・誠「『ルール』を完全に習得すれば『ルール違反』はさせないし、だまされることもないです。ただそれをはっきりとどんな相手にも言えるかですよね」

岩波電業・岩波「それだよ。相手が怖そうでも強そうでも、はっきりと意見を主張するには度胸と体力が必要なんだよ。だけど、女だからー、ある程度の護身術が必要なんだと思うわけだよ」

皐月電業・誠「岩波さんのお子さんなら剣道を教えなかったのですか?」

岩波電業・岩波「母親が、“女の子は剣道ではなくて合気道が良い”って言って、合気道をやったんだよ。いちおう初段はとったんだがね」

皐月電業・誠「それなら、何とかなるでしょうー」

岩波電業・岩波「何言っているの、知っているくせに。相手が腕をつかみにくる? くれば逆手を使えるけれど、実際はそうじゃないから、現実は使えないと思う」

皐月電業・誠「あぁ、それはやり方があるのですよ。武器を持つと人間は強くなったと思う。相手は困ったと思う。困ったけれど、その武器を取り上げればいいので、その武器を取りにくる。当然その武器を持っている腕をつかみにくる。そこで合気道が使えるのですよ」

岩波電業・岩波「だけど、ナイフとか短刀とか所持できないじゃないか」

皐月電業・誠「だから銃刀法に引っかからない物を持つのです。棒でも刃のないナイフでも、一見相手には武器と想像できる物を握れば、取りに来ますよ」

岩波電業・岩波「なるほど。相手を誘うのか、いいね。それは娘に教えておくよ。それで、俺が頼みたいのは、皐月君の使う『忍体

術』っていうのを教えてもらいたいのだよ」

皐月電業・誠「えぇー、合気道初段なら大丈夫でしょうー」

岩波電業・岩波「実は、同業者からいろいろ聞いたのだが、それを聞いて、その『忍体術』っていうのに娘が憧れちゃって、ぜひ弟子になりたいというのさ。頼むよ、弟子にしてやって欲しいのだよ」

皐月電業・誠「困ったことを言いますねー、皐月家だけのものですから、他人には教えませんよ」

岩波電業・岩波「その門外不出っていうのだけど、岩蔵電業さんでたくさん披露したって聞いているよ」

　※前作『他言無用・秘密会議秘話』第15話参照

皐月電業・誠「それは聞き間違いではないでしょうか」

岩波電業・岩波「駄目だよ。ちゃんと聞いているから。あそこに美香っていう娘がいるだろう。あの娘とうちの娘は大学で同期なんだよ。そこから聞いているから、逃げられないよ」

皐月電業・誠「参った。参りました。あそこで、“くれぐれも他言無用だよ”と言っておいたんだけどなー」

岩波電業・岩波「だけどね、間違いなく他言無用を実行しているよ。怒らないであの娘を。『忍体術』っていうのを教えてくれたけれど、その中の“技”は話してくれなかったから、ちゃんと約束は守っているよ」

皐月電業・誠「なんと、ルールの抜け道みたいなことをして、仕方ないなー」

岩波電業・岩波「よし、諦めて弟子にしてくれ。決めよう。そして肝心なことだけど、その先に、皐月電業と同じ席に着いたときは、岩波電業は『全て遠慮する』ということを約束するよ」

　こうして、誠は、岩波の娘に『談合』の『ルール』と『忍体術』を教

えることになったのである。

　やがて『女談合屋』が誕生するのである。

旋風編　完

竹乃　大（たけの　だい）

1947 年静岡県生まれ
電力系会社入社（半年）
老舗電気工事会社勤務（17 年）
特殊電気工事会社経営（26 年）
現在・武集館道場館長
第 3 種電気主任技術者・1 級電気工事施工管理技士など 30 種の資格取得

著書『秘密会議　談合入門』　2015 文芸社
　　　『秘密会役員　窓口と応用』　2016 静岡新聞社
　　　『他言無用　秘密会議秘話』2016 静岡新聞社

裏と裏　秘密会議秘話

2016 年 6 月 23 日　初版発行

著　　　者／竹乃　大
発　行　者／薩川　隆
発　売　元／静岡新聞社
　　　　　　〒 422-8033　静岡市駿河区登呂 3-1-1
　　　　　　電話 054-284-1666

印刷・製本／藤原印刷株式会社

ISBN978-4-7838-9930-3